我的第一本
日語課本
JAPANESE

全音檔下載導向頁面

http://booknews.com.tw/mp3/9789864542802.htm

iOS系統請升級至iOS 13後再行下載
全書音檔為大型檔案，建議使用WIFI連線下載，以免占用流量，
並確認連線狀況，以利下載順暢。

有不少人希望學好日語。也有人觀賞日本連續劇或電影、動畫後，開始對日本產生興趣；或是沉迷於日本漫畫，產生想要閱讀原文漫畫的衝動而開始挑戰日語。由於台灣在地理上接近日本，因此前往日本旅遊也相當容易。

儘管一開始學習日語的目標各有不同，但是這些人下定決心真正開始學日語後，卻進行得不太順利。日語的學習風氣在台灣深耕已久，看似非常好學，但是卻無法一下子就得心應手，為了這些學習者，筆者著作了更容易消化、內容更有趣、更讓人期待下一頁的入門教材。

在著作本書時，我們秉持的優先原則，就是要輕鬆進入學習。
俗話說：「千里之行，始於足下。」一開始不需要勉強自己，只要達到對日語有概略認識的程度，就算是成功一半了。所以本書皆以非常簡單的內容編寫而成。在日語的基礎文法當中，也只說明名詞、形容詞、形容動詞、動詞的現在式、過去式、否定的用法，讓讀者熟悉文法，並且盡可能重覆使用相同單字與適當的例句，避免帶給讀者背單字與漢字的負擔。

第二是讓全書充滿樂趣，不讓讀者失去對日語的興趣。
不需要再忍受痛苦，研讀讓人提不起勁的書。本書以民間童話、美國人氣歌手亞瑟小子、外太空旅遊體驗等為題材，書中每課皆有不同特色，這使學習會話或句子時，將不會過於枯燥。此外，書中各處皆安排日本文化相關說明以作為讀者閱讀的資料，讀者對日本文化的常識也能更加豐富。

《できる人の勉強法（中譯本名：學習大勉強：日本名師教你學什麼都成功）》一書的作者提到，三年前只產生想用功讀書想法的人，與三年前就開始努力的人有天壤之別的差異。如果有「想做什麼」的想法，最好立刻付諸行動。如果腦中有想著以後某個時間要做，卻不斷地延宕不做是不行的。就算每天只有一分鐘，也要立即開始嘗試，這是非常重要的態度。日復一日想著何時要開始學日語的學習者們，就從今天開始每天投資五分鐘，如何？

奧村裕次・林旦妃

突破傳統課本！這次日文一定學會！

獨一無二的本書特色

1.五十音打字教學

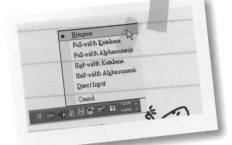

★書寫還不夠，我們教你打字熟悉日文。
★從安裝日文輸入法到Word實作，快來體驗。

2.圖解單字與會話

★單字跟會話超圖解，好像在看動畫一樣，演給你看。
★記憶背誦超輕鬆，完全無負擔。

3.分段式文法解析

★例句全部拆解開來並逐一標示說明，一看就懂。
★從此不會對膠著語的結構一頭霧水。

4.擬真日本環境教學

★實景照片介紹日文風情文化，好像真親眼看到日本，體驗日本真有趣～～捏！

三角飯糰所為您精心準備的

超快速基礎扎實學習計畫

使用說明

跟著本書輕鬆學，快快踏出基礎日語第一步
掌握內容各個階段，吃掉三角御飯糰鍛練出日語好身材。

單字 → 文法 → 會話 → 語彙與用法學習 ＋ 日本文化 → 解題練習 → 結尾（補充學習）

單字暖身（單字）

→ 嚴選並介紹本課必學核心單字。

→ プチ單字常識：深度揭開單字背後的意義。

> プチ為法文，
> 意思是「微小的」。

→ 🎧（單字）部分有MP3可以聽讀練習喲！

以基礎文法降低體脂肪（文法）

→ 不斷重複練習相同的句子，讓讀者專注於文法；例句則盡可能使用平假名，讓讀者輕鬆接觸無負擔。

→ 🎧（例句）部分有MP3可以聽讀練習喲！

以會話培養體力（會話）

→ 藉由輕鬆又有趣的會話，自然而然學好日語。

→ 藉由趣味性十足的會話練習，習慣日語的表達方式。會話同頁附上單字，不需解說也能順利讀完句子。

→ 🎧（會話）部分有MP3可以聽讀練習喲！

以語彙、文化鍛鍊肌肉

➔ 當會話中使用到的語彙更值得延伸說明時，在這裡也有精選要字，擴大補充，並增添例句，加助了解日語背後的文化知識。

➔ プチ東京觀光：收錄增加東京旅遊樂趣的小專欄。

➔ 🎧（例句）部分有MP3可以聽讀練習喲！

以解題練習消除贅肉

➔ 該輪到你親自動筆囉！確認前面學過的文法，動手練習，很快便能熟悉。

➔ プチ日本常識：迅速掌握日本的精采文化知識。

以所學文法做收操運動

➔ 最後再用超易懂的表格作出當課文法總整理，一看就懂。想學不會都不容易。

單字補充（各章標題不同）

➔ 不怕單字不夠用，本頁再追加更多必用單字。

➔ 🎧（單字補充）部分有MP3可以聽讀練習喲！

目錄

準備開始囉！

附錄中介紹了最基本一定要知道的日語基礎文法。

01

以假名練習鍛鍊日語好身材

在學習日語字母與輸入方式的同時,全面掌握對日本與日語的常識。

✿ 日本是什麼樣的國家呢？

在正式學日語之前，讓我們先對日本有基本的認識吧。

日本漢字寫為「日本」，讀作 にほん, にっぽん，也稱為JAPAN，發音當然也就是ジャパン囉。

日本國旗為太陽旗（日の丸<ruby>ひ<rt></rt></ruby>），國歌為君之代（君が代）。

首都在東京（東京<ruby>とうきょう<rt></rt></ruby>），幣制為日元（円<ruby>えん<rt></rt></ruby>, ￥）。

法律並未明確規定國花（国花<ruby>こっか<rt></rt></ruby>），但通常以櫻花（桜<ruby>さくら<rt></rt></ruby>）來代表日本；而象徵皇室的花則為菊花（菊<ruby>きく<rt></rt></ruby>），所以也有人說菊花代表日本。

既然說到了皇室！

日本擁有台灣所沒有的天皇。天皇在政治上的力量雖然薄弱，但卻是國家的元首，也是皇室的代表。當然也可說是日本的象徵及日本民眾共同的精神象徵。

另外也有相當於台灣總統的總理（総理<ruby>そうり<rt></rt></ruby>）。看過木村拓哉主演的日劇《CHANGE》吧？那就是總理，也稱為首相（首相<ruby>しゅしょう<rt></rt></ruby>）。

另外說到日本，還有什麼精采的事物呢？

最受大家喜愛的就是溫泉（温泉<ruby>おんせん<rt></rt></ruby>）與慶典（祭<ruby>まつり<rt></rt></ruby>）了！只要從第一課開始努力鍛鍊好日語，總有一天我們也能自己走訪一趟箱根溫泉和札幌雪祭喔。

加油加油！

現在來了解日本文字是如何被創造出來的？又有哪些種類？

先不急著整個背下來，先快速地瞄過一次，之後有疑問時再不斷地翻回來看，會是更好的學習辦法。

→ 日語字母的種類─ひらがな（平假名）、カタカナ（片假名）、漢字（漢字）

日語文字當中有分「平假名、片假名、漢字」這三種。日本人一開始最先接觸的，就是平假名，平假名主要「擔任文法的功能」；片假名則用於「表記外來語」及常用於強調「擬聲語、擬態語」等。漢字用於「表示具體事物的名稱或動作」等等。

→ 平假名與片假名的誕生

假名是由900年前從中國傳入的漢字為基礎所演變而來的，當然也可以說是大和民族自創的文字。平假名是依照漢字草寫字體所創造出來，而片假名則是拆解漢字的一部分所創造出來的。

例

＜ひらがな＞	＜カタカナ＞
安 → あ	阿 → ア（阿的左半部）
以 → い	伊 → イ（伊的左半部）
宇 → う	宇 → ウ（宇的上半部）
衣 → え	江 → エ（江的右半部）
於 → お	於 → オ（於的左半部）

ぷち 日語常識　「かな」假名有好幾種？

如今的假名已演化成五十音，只要學習五十個字母即可，但是以前存在著更多的假名。就か來說，過去の這樣的字母也等於か。這類字母稱為變體假名（変体仮名），變體假名據說是在明治（明治）33年全部整合為一種，所以假設在明治33年之前學日語的話，應該會感到一個頭兩個大吧。所以現在學日語的各位，應該能感到慶幸！因此，如果到日本旅行，看見招牌上不像平假名、片假名也不像漢字的奇怪字形，只要把它視為已經消失的假名即可。

→ 日本漢字的讀法 ── 音読み（音讀）、訓読み（訓讀）

日本漢字有模擬原來中文漢字發音的「音讀」，以及將中文漢字加上有相同意義、日本原本就有的發音的「訓讀」。因此，一個漢字經常有許多種的唸法，所以在記漢字時，不只要背意思，也必須注意唸法才行。

例 音讀 → 生命(せいめい) 生命
　 訓讀 → 生(なま)ビール 生啤酒　生(い)きる 生活

此外，在日本的漢字當中，也有不少與台灣使用的漢字稍有不同。因為日語漢字通常使用經過簡化的字體。（但其簡化字體並不一定與中國大陸的簡體字相同。）

例

中文	日文
學	学
變	変

ぷち 日語常識 片假名產生於平安時代？

主要用於表記外來語或強調擬聲語、擬態語的片假名，產生的年代為「平安時代」。起初是和尚們用來表記佛經的讀音。此外，日本史上第一套教科書中率先使用的並非平假名，而是片假名，這個事實是不是很令人驚訝呢？像現在一樣用平假名表記漢字音，據說是從1945年以後才開始的。所以不要瞧不起片假名，要多看它們幾眼喔！

何謂明治33年？

我們在談中國的朝代時，不是通常會說哪個皇帝幾年發生什麼事嗎？在日本也使用天皇的年號，明治幾年的用法如今仍在使用當中。

參考 第122代 (明治)（明治）1868.2.13～1912.7.30
第123代 (大正)（大正）1912.7.31～1926.12.25
第124代 (昭和)（昭和）1926.12.26～1989.1.7
第125代 (平成)（平成）1989.1.8～2019.4.30
第126代 (令和)（令和）2019.5.1～現在

01_1

→ 五十音圖表(五十音図表) - ひらがな・カタカナ

　　　平假名與片假名直排十行，橫排五行，將五十個音製作成表，稱為五十音圖表。據說是在平安時代所制定出來的喔。日語的發音原則為「子音＋母音」，將下表第一個直排的五個字視為母音，第一個橫排的十個字視為子音即可。母音五行稱為「あ段、い段、う段、え段、お段」；子音十行稱為「あ行、か行、さ行、た行、な行、は行、ま行、や行、ら行、わ行」，母音可單獨發音，所以會出現兩次。而ん不包含在五十音圖表內，但由於常用，通常會特別標記出來。

	母音	子音									
行　　段	あ行	か行 k	さ行 s	た行 t	な行 n	は行 h	ま行 m	や行 y	ら行 r	わ行 w	
あ段 a	あア a あい	かカ ka かお	さサ sa あさ	たタ ta たこ	なナ na なし	はハ ha はな	まマ ma うま	やヤ ya やま	らラ ra そら	わワ wa わる	んン n みかん
い段 i	いイ i いえ	きキ ki き	しシ shi あし	ちチ chi ち	にニ ni にく	ひヒ hi ひこうき	みミ mi うみ		りリ ri とり		
う段 u	うウ u うえ	くク ku きく	すス su すし	つツ tsu くつ	ぬヌ nu いぬ	ふフ fu ふね	むム mu むし	ゆユ yu ゆき	るル ru くるま		
え段 e	えエ e え	けケ ke いけ	せセ se せき	てテ te ちかてつ	ねネ ne ねこ	へヘ he へそ	めメ me あめ		れレ re はれ		
お段 o	おオ o あお	こコ ko こい	そソ so うそ	とト to とけい	のノ no きのこ	ほホ ho ほし	もモ mo くも	よヨ yo ひよこ	ろロ ro しろ	をヲ wo	

お與を的外形雖然不同，但是發音一樣。を只作為助詞使用。

發音拼寫練習

在發音拼寫練習中，可以一邊參考左頁的日語發音法一邊寫出羅馬拼音。

仿照範例寫出拼音：

平假名 例 あい [a] [i] 愛

❶ かき □□ 牡蠣 ❷ かさ □□ 雨傘 ❸ たこ □□ 章魚 ❹ なし □□ 梨子

❺ はし □□ 橋 ❻ いき □□ 氣息 ❼ きく □□ 菊花 ❽ しち □□ 7

❾ ひみつ □□□ 祕密 ❿ きつね □□□ 狐狸

⓫ すもう □□□ 相撲 ⓬ たぬき □□□ 狸貓

> 發音不是「す-も-う」，而是發長音「すもー」。（參考p.17長音）

⓭ むし □□ 蟲 ⓮ ゆり □□ 百合 ⓯ ねこ □□ 貓

⓰ へび □□ 蛇 ⓱ そら □□ 天空 ⓲ もも □□ 桃子

⓳ きりん □□□ 長頸鹿 ⓴ くせ □□ 習慣

> ん是收尾音，所以唸為「kirin」。（參見p.17撥音）

片假名 例 アイ [a] [i] 愛

❶ カキ □□ 牡蠣 ❷ カサ □□ 雨傘 ❸ タコ □□ 章魚 ❹ ナシ □□ 梨子

❺ ハシ □□ 橋 ❻ イキ □□ 氣息 ❼ キク □□ 菊花 ❽ シチ □□ 7

❾ ヒミツ □□□ 祕密 ❿ キツネ □□□ 狐狸

⓫ スモウ □□□ 日本相撲 ⓬ タヌキ □□□ 狸貓

⓭ ムシ □□ 蟲 ⓮ ユリ □□ 百合 ⓯ ネコ □□ 貓

⓰ ヘビ □□ 蛇 ⓱ ソラ □□ 天空 ⓲ モモ □□ 桃子

⓳ キリン □□□ 長頸鹿 ⓴ クセ □□ 習慣

解答 ❶ ka ki ❷ ka sa ❸ ta ko ❹ na shi ❺ ha shi ❻ i ki ❼ ki ku ❽ shi chi ❾ hi mi tsu
❿ ki tsu ne ⓫ su mo u ⓬ ta nu ki ⓭ mu shi ⓮ yu ri ⓯ ne ko ⓰ he bi ⓱ so ra
⓲ mo mo ⓳ ki ri n ⓴ ku se

♪ 01 假名練習   13

→ 母音

母音

日語的母音有「a（あ）」、「i（い）」、「u（う）」、「e（え）」、「o（お）」五種。在這當中，「u（う）」的發音需特別注意。發音時，嘴形類似注音符號的「ㄨ(u)」。

半母音

「や」、「ゆ」、「よ」、「わ」是接近子音的母音，因此稱為半母音。

→ 子音

清音

日語的子音分為清音、濁音、半濁音，清音指的是五十音表中的所有音，清音中為子音者，則是除あ行、や行之外的七行。

例 k（か行）、s（さ行）、t（た行）、n（な行）、h（は行）、m（ま行）、r（ら行）。

濁音

所謂濁音，指的是 k（か行）、s（さ行）、t（た行）、h（は行）加上「゛」的字母，發音如下。

が行	が ga	ぎ gi	ぐ gu	げ ge	ご go
ざ行	ざ za	じ ji	ず zu	ぜ ze	ぞ zo
だ行	だ da	ぢ ji	づ zu	で de	ど do
ば行	ば ba	び bi	ぶ bu	べ be	ぼ bo

じ與ぢ、ず與づ的發音一樣。其實使用ぢ與づ的情況並不多，通常用於特定的單字。

✎ 發音拼寫練習

仿照範例寫出拼音。

例 ひげ |hi|ge| 鬍子

❶にきび □□□ 青春痘 ❷すずめ □□□ 麻雀 ❸ぜみ □□ 研討會

❹ばか □□ 笨蛋 ❺はなぢ □□□ 鼻血

解答 ❶ ni ki bi ❷ su zu me ❸ ze mi ❹ ba ka ❺ ha na ji

半濁音

半濁音是指 h（は行）加上「°」的字母，發音接近注音的「ㄆ (p)」。若是接在促音「っ」以後的發音則依序變成「ppa、ppi、ppu、ppe、ppo」。經常用於外來語。

ぱ行	ぱ pa	ぴ pi	ぷ pu	ぺ pe	ぽ po

✎ 發音拼寫練習

仿照範例寫出拼音。

例 しゅっぱつ |syu|ppa|tsu| 出發

しゅっ的發音有些困難吧？就像小ゃゅょ發音一樣在同一音節，小っ用於將尾音急速收起，因此和前面的字母合在一起發出一個字的音，但羅馬拼音表示時則沒有表示小っ的音，但小っ會造成前音的尾音急速收起，而影響到後音變強，故羅馬拼音會標記重複字母。
所以しゅっ的發音不是「shu・tsu」，而是短促的「shu」。

❶しょっぱい □□□ 鹹

❷しんぱい □□□ 擔心

❸すっぴん □□□ 素顏

解答 ❶ sho ppa i 亦可拼為 (syo ppa i) ❷ shi n pa i ❸ su ppi n

→ 拗音

い段	~~い~~ ~~i~~	き ki	し si	ち chi	に ni	ひ hi	み mi		り ri	

　　將「や」、「ゆ」、「よ」的小寫與「い段」（除母音い外）字母「き、し、ち、に、ひ、み、り」結合，就稱為拗音。拗音由兩個字母結合（如：きゃ），發音為同一音節。

きゃ きゅ きょ ⇒ kya kyu kyo　　　しゃ しゅ しょ ⇒ sha shu sho

ちゃ ちゅ ちょ ⇒ cha chu cho　　　にゃ にゅ にょ ⇒ nya nyu nyo

ひゃ ひゅ ひょ ⇒ hya hyu hyo　　　みゃ みゅ みょ ⇒ mya myu myo

りゃ りゅ りょ ⇒ rya ryu ryo　　　ぎゃ ぎゅ ぎょ ⇒ gya gyu gyo

じゃ じゅ じょ ⇒ jya jyu jyo　　　びゃ びゅ びょ ⇒ bya byu byo

ぴゃ ぴゅ ぴょ ⇒ pya pyu pyo

🖉 發音拼寫練習

仿照範例寫出拼音。例 しゃしん ┃sha┃shi┃ n ┃ 照片

　　❶ しんぶんしゃ ┃　┃　┃　┃　┃　┃ 報社　❷ みゃく ┃　┃　┃ 脈

　　❸ じゃくてん ┃　┃　┃　┃　┃ 弱點

解答 ❶ shi n bu n sha（亦可拼為 shi n bu n sya）❷ mya ku ❸ jya ku te n（亦可拼為 ja ku te n）

→ 促音

　　促音使用「つ」的小寫，發音類似閩南語的「入聲」。促音只出現在k（か行）、s（さ行）、t（た行）、p（ぱ行）之前，依照後面接續的音而有短促的「k、s、t、p」發音。

🖉 發音拼寫練習

仿照範例寫出拼音。例 がっこう ┃ga┃kko┃ u ┃ 學校

　　❶ いっさい ┃　┃　┃　┃ 一歲　❷ おっと ┃　┃　┃ 丈夫

　　❸ いっぱい ┃　┃　┃　┃ 很多

解答 ❶ i ssa i ❷ o tto ❸ i ppa i

→ 撥音

撥音以「ん」表記，發音類似英語的鼻音「n、m、ŋ」。n、m、ŋ 的發音則取決於後面的字母。另外，ん 不出現在單字的字首。

「ん」後方所接的音	「ん」的實際發音	範例
b(ば行), p(ぱ行), m(ま行)	ん發成 'm'	さんばい、えんぴつ、さんぽ、よんまい
s(さ行), z(ざ行), t(た行), d(だ行), n(な行), r(ら行)	ん發成 'n'	せんせい、かんじ、うんと、ねんど、へんな、べんり
k(か行), g(が行)	ん發成 'ŋ'	えんか、かんこく、おんがく、りんご
h(は行), a(あ行), y(や行), わ	ん發成鼻音	おでん、れんあい、はんい、ほんや、でんわ

→ 長音

發音時，將前面的母音拉長為兩倍，發音長度將改變單字的意義。
平假名使用母音あ、い、う、え、お，片假名則使用「ー」來表示長音，例如：クーラー。

あ段 + あ： おかあさん[o kaa san]　おばあさん[o baa san]　まあまあ[maa maa]

い段 + い： おにいさん[o nii san]　たいいく[ta ii ku]

う段 + う： すうじ[suu ji]　くうき[kuu ki]

え段 + え： おねえさん[o nee san]

え段 + い： けいさつ[kei sa tsu]　れいてん[rei ten]

　　　　　注意 字母雖寫為「い」，發音要變成「え」

お段 + お： とおい[too i]　おおい[oo i]

お段 + う： おとうと[o tou to]　そうじ[sou ji]

　　　　　注意 字母雖寫為「う」，發音要變成「お」

→ 重音（アクセント）

　　日語的重音由與音節相對聲音的高低不同所構成，即使字母相同，重音的差異也會影響單字的意義，這點請特別注意。

例　糖果　　あめ　　　　雨　　　　あめ
　　柿子　　かき　　　　牡蠣　　　かき
　　橋　　　はし　　　　筷子　　　はし
　　缸　　　かめ　　　　烏龜　　　かめ
　　買　　　かう　　　　飼養　　　かう

　　日語學習者中，常有人將所有單字的第一音節發為重音，但是必須注意有些單字並非如此。所以在學習新的生字時，最好聆聽母語者的發音。

→ 語調（イントネーション）

　　就像每個單字都有其固定的重音，句子中也有一定的音調，這就稱為語調。
日語通常有一個特色：相較於句子的開頭，句子越往後面，語調越低。

例　わたしは　たいわんの　がくせいです。

　　在「わたしは」「たいわんの」「がくせいです」三個部分中，「わたしは」的語調最高，其次依序下降。

疑問句＆肯定句

　　表達疑問句時，只要提高句尾的語調即可。
　　舉例來說，表達これは　ほん　ですか（這是書嗎？）的疑問語氣時，將句中ですか後面か的語調提高即可。反之，肯定句的語調則下降。
　　像這樣明確傳達句子意義與表現自然的發音時，語調就扮演非常重要的角色。
　　所以在練習會話時，一定要邊聽母語者的發音，仔細聆聽整段句子的聲音與語調高低，一邊反覆練習。

→ 拗音平假・片假・羅馬拼音對照表

きゃ キャ kya	きゅ キュ kyu	きょ キョ kyo
ぎゃ ギャ gya	ぎゅ ギュ gyu	ぎょ ギョ gyo
しゃ シャ sha	しゅ シュ shu	しょ ショ sho
じゃ ジャ jya	じゅ ジュ jyu	じょ ジョ jyo
ちゃ チャ cha	ちゅ チュ chu	ちょ チョ cho
にゃ ニャ nya	にゅ ニュ nyu	にょ ニョ nyo
ひゃ ヒャ hya	ひゅ ヒュ hyu	ひょ ヒョ hyo
びゃ ビャ bya	びゅ ビュ byu	びょ ビョ byo
ぴゃ ピャ pya	ぴゅ ピュ pyu	ぴょ ピョ pyo
みゃ ミャ mya	みゅ ミュ myu	みょ ミョ myo
りゃ リャ rya	りゅ リュ ryu	りょ リョ ryo

對我們來說，學日語可沒有
「三分鐘熱度」!!!

培養體力—日語書寫練習

✦ 平假名書寫筆順

仔細看好書寫筆順，一邊聯想和什麼相似，一邊背下來。
比起直接背平假名，一邊參考片假名會更好。

	あ段		い段		う段		え段		お段	
あ行	あ a	あ	い i	い	う u	う	え e	え	お o	お
か行	か ka	か	き ki	き	く ku	く	け ke	け	こ ko	こ
さ行	さ sa	さ	し si	し	す su	す	せ se	せ	そ so	そ
た行	た ta	た	ち chi	ち	つ tsu	つ	て te	て	と to	と
な行	な na	な	に ni	に	ぬ nu	ぬ	ね ne	ね	の no	の
は行	は ha	は	ひ hi	ひ	ふ fu	ふ	へ he	へ	ほ ho	ほ
ま行	ま ma	ま	み mi	み	む mu	む	め me	め	も mo	も
や行	や ya	や			ゆ yu	ゆ			よ yo	よ
ら行	ら ra	ら	り ri	り	る ru	る	れ re	れ	ろ ro	ろ
わ行	わ wa	わ							を o	を
	ん m, n, ŋ	ん								

今天沒有走完，明天就要用跑的喔。

✦ 片假名書寫筆順

	ア段	イ段	ウ段	エ段	オ段
ア行	ア a	イ i	ウ u	エ e	オ o
カ行	カ ka	キ ki	ク ku	ケ ke	コ ko
サ行	サ sa	シ si	ス su	セ se	ソ so
タ行	タ ta	チ chi	ツ tsu	テ te	ト to
ナ行	ナ na	ニ ni	ヌ nu	ネ ne	ノ no
ハ行	ハ ha	ヒ hi	フ fu	ヘ he	ホ ho
マ行	マ ma	ミ mi	ム mu	メ me	モ mo
ヤ行	ヤ ya		ユ yu		ヨ yo
ラ行	ラ ra	リ ri	ル ru	レ re	ロ ro
ワ行	ワ wa				ヲ o
	ン m, n, ŋ				

✿ 拼寫練習

直接以羅馬拼音拼寫日語發音，徹底熟悉平假名。
以下內容為最後一課第十三課的會話部分。

ぽかぽか あたたかい はるの ひでした。

po ka po ka

へびさんと かえるさんが みちで あいました。

"おはよう！ へびさん"

"よう！ かえるさん"

げんきが ない へびさんに かえるさんが ききました。

"へびさん、なんか げんきが ないですね"

じつは おなかが ぺこぺこなんだ。

"へぇ〜、へびさんは どんな ものを よく たべますか"

"おまえの ように くちの おおきい かえるを よく たべるんだよ"

"そうですか"

それいらい かえるさんは くちを おおきく ひらく こ
とは ありませんでした。

今天沒有走完，明天就要用跑的喔。

直接以羅馬拼音拼寫日語發音，徹底熟悉片假名。以下內容為第十二課的會話部分。

コノ イエニハ ムカシカラ シタイガ アルンダッテ。
ko no i e ni wa

エッ、ホント？

ジャア、オバケガ イルノ？

カモネ。

讓我們一邊敲電腦鍵盤，一邊學習平假名吧！
學會輸入日語，就能透過電腦加強學習的效果喔！
（註：因系統版本不同，會有不同之操作介面，此處以
Windows10系統為示範，實際設定則隨不同系統會有差異。）

1.日語輸入法的設定

只要進入控制台，
就能輕鬆設定日語模式。

❶ 進入設定

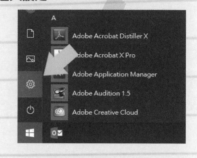

❷ 選擇設定中的【地區與語言】

❸ 先點選左方的【語言】，再點選
【新增慣用語言】

❹ 再大量的候補之中找出【日本
語】，便可以安裝微軟提供的
日語輸入法。

實際使用日語輸入法時，記得
要先按Ctrl+Caps Lock將輸入法
改成hirakana模式，才能開始
用羅馬字輸入法打出日文。

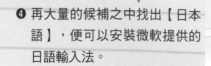

24

Android系統手機的日語輸入法設定

智慧型手機的設定方式隨廠牌和型號千奇百怪，但只要能連上Google Play，就能夠找到Google提供的輸入法「Gboard」。

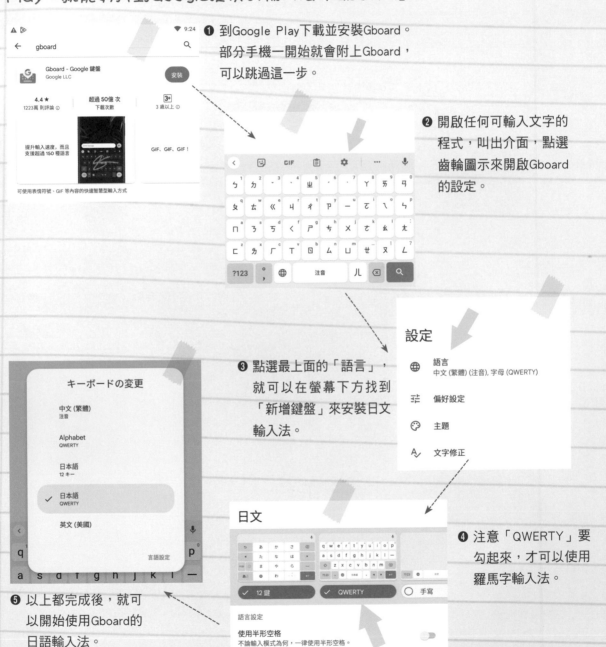

❶ 到Google Play下載並安裝Gboard。部分手機一開始就會附上Gboard，可以跳過這一步。

❷ 開啟任何可輸入文字的程式，叫出介面，點選齒輪圖示來開啟Gboard的設定。

❸ 點選最上面的「語言」，就可以在螢幕下方找到「新增鍵盤」來安裝日文輸入法。

❹ 注意「QWERTY」要勾起來，才可以使用羅馬字輸入法。

❺ 以上都完成後，就可以開始使用Gboard的日語輸入法。

2. 平假名、片假名的鍵盤輸入方法

　　在電腦鍵盤上，日文通常以「羅馬拼音」輸入。跟著下一頁以「私は　学生です」為例，試著輸入看看吧！

● 平假名輸入表 ●

あ	い	う	え	お			
a	i	u	e	o			
か	き	く	け	こ	きゃ	きゅ	きょ
ka	ki	ku	ke	ko	kya	kyu	kyo
が	ぎ	ぐ	げ	ご	ぎゃ	ぎゅ	ぎょ
ga	gi	gu	ge	go	gya	gyu	gyo
さ	し	す	せ	そ	しゃ	しゅ	しょ
sa	si	su	se	so	sya	syu	syo
ざ	じ	ず	ぜ	ぞ	じゃ	じゅ	じょ
za	zi	zu	ze	zo	zya	zyu	zyo
た	ち	つ	て	と	ちゃ	ちゅ	ちょ
ta	ti, chi	tu, tsu	te	to	cha, tya	chu, tyu	cho, tyo
だ	ぢ	づ	で	ど	にゃ	にゅ	にょ
da	di	du	de	do	nya	nyu	nyo
な	に	ぬ	ね	の	ひゃ	ひゅ	ひょ
na	ni	nu	ne	no	hya	hyu	hyo
は	ひ	ふ	へ	ほ	びゃ	びゅ	びょ
ha	hi	hu	he	ho	bya	byu	byo
ば	び	ぶ	べ	ぼ	ぴゃ	ぴゅ	ぴょ
ba	bi	bu	be	bo	pya	pyu	pyo
ぱ	ぴ	ぷ	ぺ	ぽ	みゃ	みゅ	みょ
pa	pi	pu	pe	po	mya	myu	myo
ま	み	む	め	も			
ma	mi	mu	me	mo			
や		ゆ		よ			
ya		yu		yo			
ら	り	る	れ	ろ			
ra	ri	ru	re	ro			
わ		を		ん			
wa		wo		nn			

①如果想打出小寫的平假名，只要按下X或L後，再按下想要輸入的字母即可。例如小っ的情況，輸入XTU或LTU即可。

②小っ還有另外一種打法，即在登打時重覆下個字的子音。例如：「かって」就打「katte」就是了。

26

❶ 首先，轉換成日語輸入法後，輸入羅馬拼音「wa ta si ha ga ku se i de su」。

❷ 出現わたしはがくせいです時，先別按下「enter鍵」。按下「空白鍵」，挑選適合的漢字後，再按下「enter」，即可出現「私は学生です」的句子。

❸ 重回第二個方法輸入後，按下空白鍵，試著選擇片假名看看吧。

❶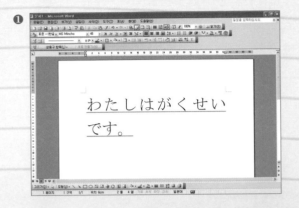

❷

❸

> 漢字上標註讀音的方法，稱為「讀假名（読み仮名）」，或是「振假名（振り仮名）」

3. 在word裡輸入漢字讀音的方法（漢字上面出現平假名或片假名的方法）

　　方法很簡單，在MS-WORD的環境中，將漢字反白後，選擇〔注音標示〕，便自動出現假名，非常方便。

　　現在實際説明如何操作吧！

> 要在日語輸入狀態下才可選擇。

MS-WORD的情況下：

❶ 同時按左邊的Shift+Alt（切換日語輸入法的快速鍵），直到出現「JP」標示為止，表示系統已改為「日文」。

❷ 先在文件上輸入你想要的日文，用滑鼠左鍵將要顯示假名讀音的漢字反白。

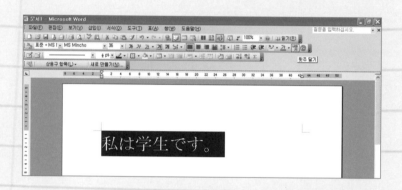

❸ 在反白文字上按右鍵後，到工具列「格式」選擇「亞洲方式配置」，再選〔中ㄨ〕「注音標示」。

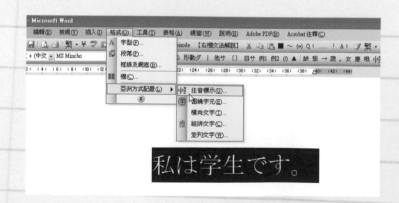

❹ 出現「注音標示」視窗後，你可以選擇要「逐詞」或「逐字」標注假名，也可以在此設定加註假名的字型（必須設定為日文字型）、字體大小等等。若有假名自動標示錯誤的情形，也可以直接在這裡改成正確的或刪除不需要的假名。全部完成後，按「確定」鍵離開。

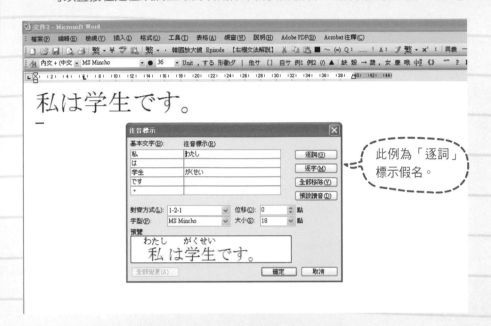

❺ 最後回到原本輸入的日文漢字上方，就可看到漢字所對應的平假名整齊地標示上去了！

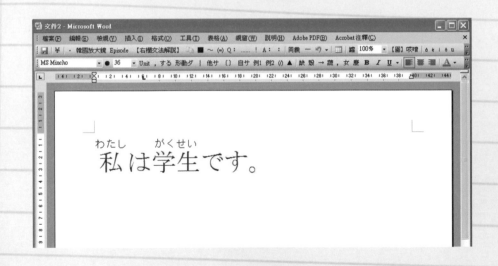

註：如果漢字的「注音標示」，出現了像「ㄅㄆㄇㄈ」等的注音符號時，請檢查文件的〔語言〕模式是否為〔中文（台灣）〕的模式，此時，只需將模式改回〔日文〕，即可正常顯示假名標音。此時亦可先將先按 ↩ （復原鍵）取消注音，再將日文字型改成日文用的「MS PGothic」字型後重新執行一次，80%以上的情況都能夠順利顯示。

5. 日語輸入練習

挑戰以下標示底線的四個任務，並依文字輸入正確的日語。
（※內容為第七課會話的部分。）

おとうさんと おかあさん、どっちが 好き？

おかあさん！

任務1 → 輸入小 っ

→ 找出並輸入漢字

じゃあ、おかあさんと あめと どっちが
好き？

任務2

任務3 → 漢字上加平假名

う〜ん、あめ！

じゃあ、あめと チョコと アイスクリームの 中
で どれが いちばん 好き？

任務4 → 輸入片假名

アイスクリーム！

じゃあ、アイスクリームの 中で 何が いちばん 好き？

う〜〜〜〜、ぜ〜〜〜んぶ 好き。

結束運動 — 中文與日語的差異

1 中文句子結束的標點符號為上下左右居中的「。」，日語為偏下方的空白圓點「。」。

例 はじめまして、わたしは 酒井定子です。

初次見面，我是酒井定子。

2 逗點不是「，」，而是「、」。

例 はい、そうです。

是的，沒錯。

3 漢字通常為簡化字體。

例 國 → 国　　學 → 学　　當 → 当

4 正式文件中，疑問句幾乎不使用問號，也不使用驚嘆號。

5 相同漢字重複出現時，使用 々。

例 時時 → 時々

6 會話中引用他人的話，或表示書名時，使用『』，而台灣表示書名時則用《》。

7 在會話結束時，不使用句點「。」

「こんにちは、田中さん」

「こんにちは、中村さん」

※注意：部分格子內的用語有尊敬與非尊敬的對照，若加上（尊敬），則為「尊敬表現」。

見面、道別時的用語
おはようございます 早安。
こんにちは 午安。
こんばんは 晚安。
さようなら 再見。
では(じゃ)、また 那麼，下次再見。

睡覺時的用語
おやすみなさい 晚安（尊敬）。
おやすみ 晚安。

飯前與飯後的用語
いただきます 我要開動了。
ごちそうさま(でした) 我吃飽了。

鼓勵別人的用語
がんばってくたさい 請加油（尊敬）。
がんばれ 加油。

表示感謝與歉意的用語
どうも ありがとうございます 非常感謝（尊敬）。
どうも ありがとう 謝謝。
ごめんなさい 對不起（尊敬）。
しつれいします 失禮了（尊敬）。
すみません(でした) 對不起（尊敬）。

道歉時的用語
どうも すみません 真的很抱歉（尊敬）。
すみません 對不起（尊敬）。
ごめんね 對不起。

祝賀時的用語
おめでとうございます 恭喜（尊敬）。
おめでとう 恭喜。

初次見面時的用語
はじめまして 初次見面。
よろしく おねがいします 請多指教。

出門時與進門時的用語
いってきます 我要出門了。
いって(い)らっしゃい 慢走。
ただいま 我回來了。
おかえりなさい 您回來啦。

進入商店時聽到的話
いらっしゃい(ませ) 歡迎光臨。

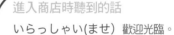

下課時老師說的話
おつかれさまでした 辛苦了（尊敬）。
おつかれ 辛苦了。

下課時向老師說的話
ありがとうございます 謝謝。

02

以名詞鍛鍊日語好身材

名詞就是各種事物的名
字。這當然可以說是品詞
的基礎。名詞包含人名、
地名等固有名詞。

02_1

★ 自我介紹必備名詞

私
我

あなた
你

会社
公司

会社員
上班族、公司職員

先生
老師

学生
學生

公務員
公務員

医者
醫生

主婦
家庭主婦

台湾人
台灣人

日本人
日本人

わたし 和 わたくし

プチ單字常識

私可解釋為中文的「我」，同樣的漢字還可以唸作わたくし，わたくし雖然也是「我」的意思，但較常使用於公司等正式場合，是最尊敬的用語；至於「我」通常使用わたし即可。會話中，女生也會用あたし（類似中文的「人家」），男生則是おれ（有點粗俗語感）、ぼく。

02_2

✦ 以名詞造句（肯定/否定/疑問）

　　大家都知道，名詞指的是人或事物的名字，是可以獨立存在的「自立語」。沒有像動詞或形容詞一樣改變字尾以表現過去或否定的活用變化。另外與助詞結合後，可作為各種句子的成分使用。

→ 名詞的現在

今天	助詞		星期日		是
↑	↑		↑		↑

きょうは　にちようび　だ。

（表斷定的助動詞）

> 中文句尾的標點符號為「。」，但是日語的句點為「。」，句子中間的逗號也是「、」，而非「，」。

〜は〔助詞〕：原本は的發音為〔ha〕，作為助詞使用時，發音為〔wa〕。
にちようびだ（是星期日）：〜だ（助動詞）放在名詞後，表示現在式。

→ 名詞的「疑問」與「回答」

今天	助詞		星期日		是
↑	↑		↑		↑

きょうは　にちようび　です。

（表斷定的助動詞）

にちようび　だ（です）（是星期日）：〜です（助動詞）是〜だ（助動詞）的敬體表現，接在名詞後面。
　　きょう　にちようび？（今天星期日？）：將句子後面的です去掉，語調上揚，就變成疑問句。

→ 名詞的「疑問」與「回答」

今天	助詞		星期日		嗎？
↑	↑		↑		↑

きょうは　にちようび　ですか。

> 本書中雖然為求方便使用空格，但是日語基本上不使用空格。

　　にちようび　ですか（是星期日嗎？）：です後面加上〜か（表疑問的終助詞），就變成疑問表現。
　　如果是以か結尾的疑問句，原則上通常不接問號，但是沒有以か結尾的疑問句，例如：きょう　にちようび？（今天星期日？）等句子，就會加上問號。
　　はい、そうです（是，沒錯）：表達肯定的語氣。

表達否定為いいえ、ちがいます（不是，不是的）。
如果是對晚輩或對下屬，回答時可說うん（嗯）、
ううん（不是）。

是，   沒錯
↑   ↑

はい、そうです。

→ 名詞的否定與「の」

他　助詞　　　我　　的　　　戀人　　接續詞　　　不
↑　↑　　　　↑　　↑　　　　↑　　　↑　　　　↑

かれは　わたしの　こいびとでは　ない。

こいびとでは　ない（不是戀人）：～では　ない（不是～）接在名詞後面，表示否定。こいびと　ではない？（不是戀人？）這類在句尾加上問號的句子，就變成疑問句，句尾語調上揚。
　～では　ない＝じゃ　ない（不是～）在會話中通常使用～じゃ　ない。
　わたしの　こいびと（我的戀人）名詞與名詞連接時，中間加上～の（～的）。不過用中文解釋時，通常不解釋出來才是自然的。
例 にほんごの　せんせい（日語〈的〉老師）

→ 名詞的敬體否定

他　助詞　　　　上班族　　接續詞　　　　不
↑　↑　　　　　　↑　　　　↑　　　　　　↑

かれは　かいしゃいんでは　ありません。

かいしゃいんでは　ありません（不是上班族）～：では　ありません（不是～）接在名詞後面，表示敬體否定。
　～では（じゃ）ありません＝～では（じゃ）ないです（不是～）：會話中主要使用～じゃありません或～じゃ　ないです。～では（じゃ）ありませんか＝～では（じゃ）ないですか（不是～嗎？）以否定方式提問時，若為肯定，回答はい、そうです（是，沒錯。）；若為否定，則回答いいえ、ちがいます（不是，不是的。）

かれは
かいしゃいんでは
ありません。

以會話培養體力

02_3

❖ 與初次見面的人打招呼

　　透過朋友的介紹，中山美佳小姐與田中健二先生在咖啡廳見面。

　　讓我們一起來學習初次見面該如何打招呼，又該如何自我介紹吧。

1 すいません、美佳（みか）さんじゃ ありませんか。

すいません 抱歉；不好意思（すみません的口語體）
美佳 美佳（人名）
〜さん 〜小姐、〜先生
〜じゃ ありませんか 不是〜嗎？

2 ええ、そうですが。

3 はじめまして。わたしは、たなか けんじです。

ええ 是
そうですが 沒錯，但是…

はじめまして 初次見面｜私（わたし）我｜たなか けんじ 田中健二

今天沒有走完，明天就要用跑的喔。

₄あー、どうも、はじめまして。
中山美佳です。
<small>なか やま み か</small>

あー、どうも 啊，您好。
中山美佳 中山美佳
〜です 是〜

₅お会いできて 光栄です。
<small>あ</small> <small>こう えい</small>

お会(あ)いできて 光栄(こうえい)
です 很榮幸見到您。

こちらこそ 我才是
よろしく おねがいします 請多多指教

₆こちらこそ、よろしく
おねがいします。

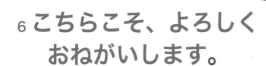

1 抱歉，是不是美佳小姐呢？
2 是，沒錯……
3 初次見面，我是田中健二。
4 啊，您好，初次見面。
　我是中山美佳。
5 很榮幸見到您。
6 我才是呢，請多指教。

以語彙、文化鍛鍊肌肉

　　以下就來認識打開話題時使用的すみません，或是在稱呼別人時，隨時都可以加上的くん，以及用途廣泛的どうも等用法吧。

すみません

すいません...

　　原本的意思是「對不起」，但是像在點餐時說的「不好意思」一樣，在與別人對話時，也具有「不好意思⋯⋯」等各種的意義。在會話中也可以使用「すいません」。

美佳さん

　　就像陳さん（陳先生、陳小姐）一樣，～さん接在姓氏後面表示尊敬，不過如果是較為親密關係，可以像美佳さん一樣，接在名字後面。至於意義則依照對象的不同，而有「～先生、～小姐」等意思。一般來說，日本人在高中以前，幾乎不會對父母或老師使用敬語，出社會到了職場上，才開始學習正式的敬語。日本在明治時代以前，敬語的使用非常頻繁，但是在接受西方文化後，因為敬語妨礙了地位的平等，所以變得較少使用。

〈各式各樣的稱呼〉

　　～さん（～先生、～小姐）在表達對對方的尊敬時使用，也等於書信中所使用的「閣下」。但是，老師不稱為先生（せんせい）さま，直接稱呼先生即可。

○○ちゃん～

　　くん 用於稱呼同事、朋友、學生、屬下或小朋友之間互稱時，接在姓氏後面使用。

　　ちゃん 是大人稱呼小孩時所使用的暱稱，或用於朋友之間，接在名字後面使用。

はじめまして

　　初次見面的應酬語，與日本人初次見面時，要說はじめまして。わたし○○○です（初次見面，我是○○○）。也可以更正式地說はじめまして。わたし○○○と申します（初次見面，我叫○○○）。

はじめまして。

お会（あ）いできて 光栄（こうえい）です

　　意思是「很榮幸見到您」。除此之外，還有經常使用的お会（あ）いできて うれしいです（很高興見到您）。日語的形容詞在使用順序上和中文不太相同，類似的情況隨處可見。例如「黑白電視」稱為白黒（しろくろ）テレビ；「賢妻良母」稱為良妻賢母（りょうさいけんぼ）。

白黒（しろくろ）テレビ

どうも

意思是「非常、相當」，原本是どうも ありがとう（非常感謝）或どうも すみません（相當抱歉）的省略，以表達感謝或歉意。近來這層意義逐漸延伸，はじめまして（初次見面）也可以用どうも（你好）來代替。

中山美佳です

「是中山美佳」的意思。另外，用日文在寫中文姓名時，流通著兩種書寫習慣。一種是書寫完漢字之後，再於漢字上方標註該漢字的音讀，並在姓與名之間加一個空格；另一種則是用中文式的發音，直接以片假名表記，並在姓與名之間加上間隔號「・」。在台灣，多使用前者表記。

例：①王　建民。
　　②ワン・チェンミン

ええ、そうですが

與はい、そうですが一樣，都有「是，沒錯……」的意思。

こちらこそ、よろしく おねがいします

意思是「我才是，請多多指教」，為こちらこそ、どうぞ よろしく おねがいします（我才是，請您務必多多指教）的省略。也可以再省略為おねがいします。

〈初次見面的招呼〉

在公司

はじめまして。○○です。
どうぞ よろしく おねがいします。

初次見面，我是○○。
請多多指教。

朋友（男生）

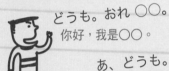

どうも。おれ ○○。
你好，我是○○。

あ、どうも。
おれは ○○。よろしく。
啊，你好。我是○○，請多指教。

朋友（女生）

あたし ○○。
我是○○。

あたしは ○○。よろしくね。
我是○○。請多指教喔。

プチ 東京觀光

飛成田機場？還是飛羽田機場？

　　初次到日本旅遊的人，似乎經常搞不清楚該往成田機場(成田空港なりたくう)，還是羽田機場(羽田空港はねだくうこう)。兩者在距離上的差異，你可以想成是「成田機場≒桃園中正國際機場」、「羽田機場≒松山機場」即可。如果目的地在新宿等地，距離市區較近的羽田機場當然比較方便。不過缺點在於羽田機場的航班比成田機場少，價格比較貴，免稅店也比較少。

以解題練習消除贅肉

要努力才會有好結果喔！

1. 依照例句替換練習

例 学生 學生 →
学生だ 是學生。　　学生です 是學生。
学生ですか 是學生嗎？　　学生ではありません 不是學生。

① 会社員 上班族 _____ _____ _____

② 休み 休假、休息 _____ _____ _____

③ 妹 妹妹 _____ _____ _____

④ 日本人 日本人 _____ _____ _____

2. 依照例句寫出完整的句子

例 私 我 / 吉田 吉田 → 私は吉田です。 我是吉田。

① 今日 今天 / 金曜日 星期五 → _____

② 陳さん 陳先生（小姐）/ 台湾人 台灣人 → _____

③ すし 壽司 / 日本の料理 日本料理 → _____

私は 日本の料理です。

例 あなたは 学生^{がくせい}ですか。 你是學生嗎？
→ いいえ、私は 学生^{がくせい}じゃありません。 不是，我不是學生。

① 明日^{あした}は 休^{やす}みですか。 明天休假嗎？

→ _____

② 遥^{はるか}さんは あなたの 恋人^{こいびと}ですか。 小遙小姐是你的女朋友嗎？

→ _____

③ 吉田^{よしだ}さんじゃありませんか。 不是吉田先生（小姐）嗎？

→ _____

解答
1-❶ 会社員だ　会社員です　会社員ですか　会社員ではありません　1-❷ 休みだ　休みです　休みですか　休みではありません
1-❸ 妹だ　妹です　妹ですか　妹ではありません　1-❹ 日本人だ　日本人です　日本人ですか　日本人ではありません
2-❶ 今日は 金曜日です　2-❷ 陳さんは 台湾人です　2-❸ すしは 日本の 料理です。
3-❶ いいえ、明日は 休みじゃありません　3-❷ いいえ、遥さんは 私の 恋人じゃありません。
3-❸ いいえ、ちがいます。(いいえ、吉田さんじゃありません。)

プチ 日本常識　喇叭聲的另一種意義

　　日本駕駛的位置與台灣相反，使用汽車喇叭（クラクション）的頻率也有顯著的差異。在台灣，汽車喇叭經常用於表示「稍微讓開」、「快離開」的意思，但是在日本，只有真正遇到緊急狀況時才使用。來到台灣開車的日本人，只要聽到催促人趕快讓開的喇叭聲，經常會覺得心裡有些不舒服呢。

　　名詞並不是改變字尾加以活用，而是透過後面所接的〜だ（是〜）加以活用。以下特地整理一張詳細的圖表，你可以將所有知道的名詞代換至「〜」做練習，大聲朗讀出來，直到琅琅上口為止吧。

● 名詞　あなた 你　　学生（がくせい）學生　　彼女（かのじょ）女朋友　　かばん 皮包

是〜（常體）	〜嗎？（對晚輩）	是〜（敬體）	是〜嗎？（敬體疑問）	不是〜（常體）
〜だ	〜？	〜です	〜ですか	〜ではない＝〜じゃない（口話體）
だ	？	です	ですか	ではない＝じゃない
だ	？	です	ですか	ではない＝じゃない
だ	？	です	ですか	ではない＝じゃない

不是〜？（常體）	不是〜（敬體）	不是〜嗎？（敬體否定）	名詞+の+名詞
〜ではない？ ＝〜じゃない （口話體）	〜ではありません ＝〜じゃありません（口話體） 〜ではないです ＝〜じゃないです（口話體）	〜ではありませんか ＝〜じゃありませんか（口話體） 〜ではないですか ＝〜じゃないですか（口話體）	〜の〜
では(じゃ)ない？	では(じゃ)ありません ＝では(じゃ)ないです	では(じゃ)ありませんか ＝では(じゃ)ないですか	の
では(じゃ)ない？	では(じゃ)ありません ＝では(じゃ)ないです	では(じゃ)ありませんか ＝では(じゃ)ないですか	の
では(じゃ)ない？	では(じゃ)ありません ＝では(じゃ)ないです	では(じゃ)ありませんか ＝では(じゃ)ないですか	の

 ●日子與星期●

02_5

● 「今天」與它的朋友們

おととい
前天

昨日 (きのう)
昨天

今日 (きょう)
今天

明日 (あした)
明天

あさって
後天

毎日 (まい にち)
每天

中國上古時代，古人就以日、月與金、木、水、火、土
五大行星為「七曜」。在民國成立後，我們才改稱為「星
期」，其中的「星」字便是指這七曜。而日本、韓國則仍
沿用「曜日」的說法。此外，台灣和許多英語國家、日
本、香港、以色列一樣，認為一週的開始是星期日。

● 星期

月曜日 (げつ よう び)
星期一

火曜日 (か よう び)
星期二

水曜日 (すい よう び)
星期三

木曜日 (もく よう び)
星期四

金曜日 (きん よう び)
星期五

土曜日 (ど よう び)
星期六

日曜日 (にち よう び)
星期日

何曜日 (なん よう び)
星期幾

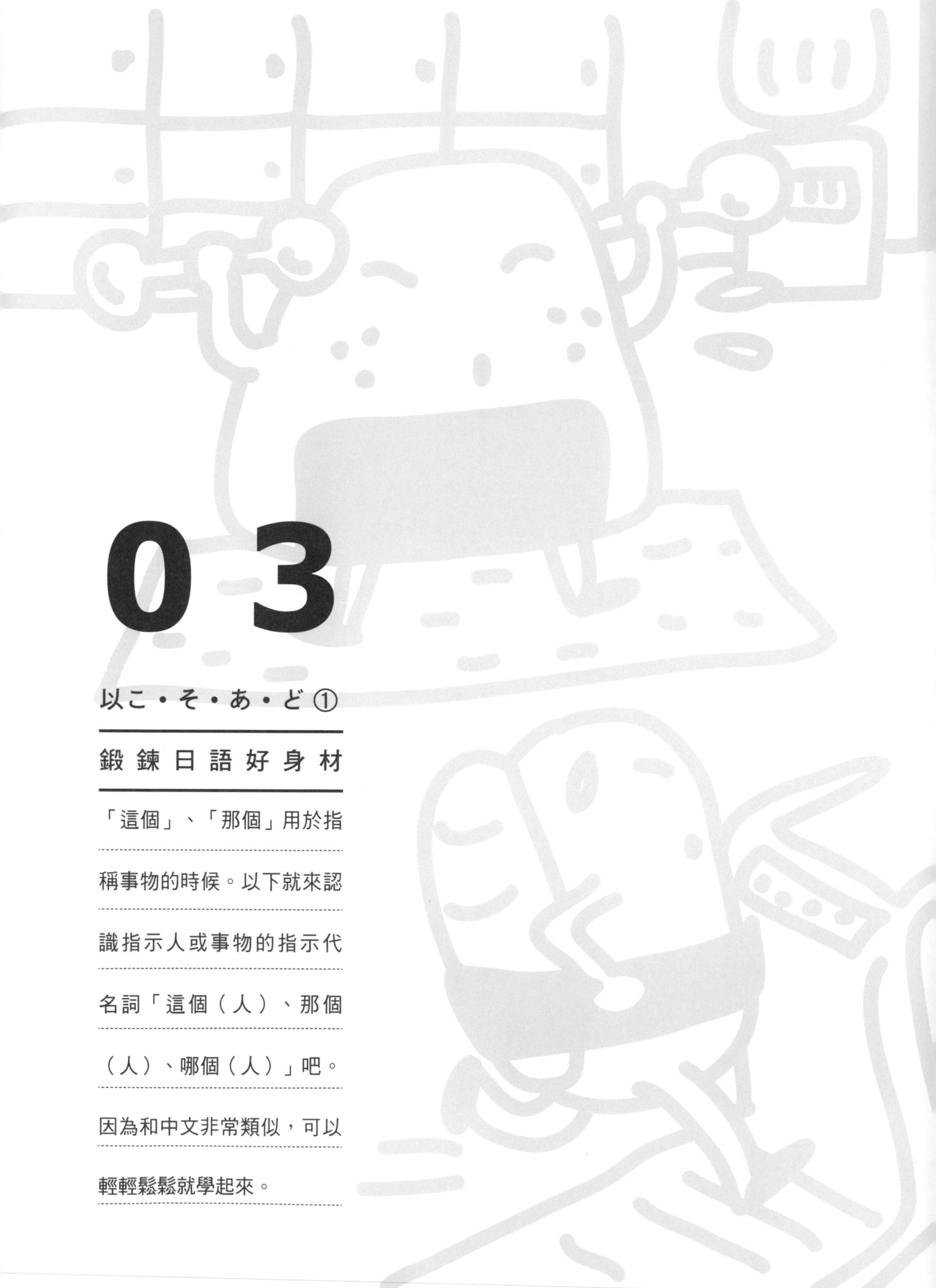

03

以こ・そ・あ・ど①

鍛鍊日語好身材

「這個」、「那個」用於指

稱事物的時候。以下就來認

識指示人或事物的指示代

名詞「這個（人）、那個

（人）、哪個（人）」吧。

因為和中文非常類似，可以

輕輕鬆鬆就學起來。

✦ 代表性名詞單字

ケータイ
手機

くるま
車子

かさ
雨傘

タバコ
香菸

えんぴつ
鉛筆

けしゴム
橡皮擦

ひと
人
人

✦ 指稱與事物有關的代名詞

どれ
哪個

あれ
那個

これ
這個

それ
那個

ぼうし
帽子

くつ
鞋子

とけい
時計
時鐘

ノート
筆記本

ほん
本
書

つくえ
書桌

いす
椅子

✦ 後面接續體言時（連體詞）

この
這～

あの
那～

その
那～

どの
哪～

※注意：あの是比その「更遠」的東西，用中文理解時要特別注意兩者的差異。

03_2

✿ 以指示代名詞造句

以下指稱事物或場所、人的代名詞，稱為「指示代名詞」。就像中文指稱事物時使用的「這個、那個、那個、哪個」一樣，日語也有同樣的表現，如「これ（這個）、それ（那個）、あれ（那個）、どれ（哪個）」。取出第一個字母，合稱為こ・そ・あ・ど（這、那、那、哪）。

→ 指稱事物的指示代名詞 ─ これ・それ・あれ

這個	助詞	書	是
↑	↑	↑	↑

これは　ほんです。

これ（這個）、それ（那個）、あれ（那個）為指稱事物的指示代名詞，說これ時，是指「話者自己身邊的事物」；說それ時，是指「聽者身邊的事物」；說あれ時，是指「距離聽者和話者自己都比較遠的事物」。

→ 詢問事物的問與答

這個	助詞	什麼	是～嗎(呢)?		這個	助詞	生馬肉	是
↑	↑	↑	↑		↑	↑	↑	↑

それは　なんですか。　これは　ばさしです。

これ（這個）→それ（那個）；それ（那個）→これ（這個）；あれ（那個）→あれ（那個）。與中文一樣，如果對方問これ，就以それ回答；問それ，就以これ回答；問あれ，就以あれ回答。

例　A：あれは なんですか。那個是什麼？
　　B：あれは mp3です。　那個是mp3。

なんですか（是什麼？）詢問名字或內容為何時的表現。

日本將馬肉當成生魚片吃，據說有牛肉的味道。就像不是所有台灣人都敢吃蛇肉湯一樣，也有日本人無法接受咀嚼時的味道而不吃。

→ どれ 與 〜のは

哪一個 格助詞 　　你 的 　　雨傘 是〜嗎(呢)？ 我 的(東西) 助詞 這個 是
↑ ↑ 　　↑ ↑ 　　↑ 是〜嗎 　↑ ↑ ↑ 　↑ ↑

どれが　あなたの　かさですか。わたしのは　これです。

　　どれ（哪個）：不確定是哪一個東西時所提出的疑問句，使用於詢問選項達三個以上時。如果要詢問兩個東西當中的哪一個時，則需使用下一課將會出現的哪一邊（どっち或どちら）。
　　〜の（〜的東西）原本是指わたしの かさは（我的雨傘），在對方了解實情的前提下，可以省略かさ只說の。

→ 連體詞 ― この・その・あの

這 　　書 助詞 　　誰 的(東西) 是〜嗎(呢)？
↑ 　　↑ ↑ 　　↑ ↑ ↑

この　ほんは　だれのですか。

　　この（這）、その（那）、あの（那）為修飾體言的連體詞，指稱對象為人或事物時使用。この・その・あの後面經常接上體言。例 この人（這個人）
あの（那）：あの用於指話者與聽者共同知道的事情或話題。
その（那）：その用於指話者知情，但聽者不知情的事情或話題。
だれ（誰）：用以指稱不知道真正身分的人。

→ 連體詞 ― どの

哪個 　　書桌 格助詞 　　田中 先生 的東西 是〜嗎(呢)？
↑ 　　↑ ↑ 　　↑ ↑ ↑ ↑

どの　つくえが　たなかさんのですか。

我 的(東西) 助詞 這個 是
↑ ↑ ↑ 　↑ ↑

わたしのは　これです。

どの（哪個）表示不確定眾多東西中哪一個的情況。使用於詢問選項達三個以上時。
例 どの 車（哪輛車）

03_3

✿ 學習 こ・そ・あ・ど

　這一部分是以大家所熟知的伊索寓言故事《金銀斧頭》為背景。接下來就好好學習こ・そ・あ・ど的用法吧。也請特別注意，どの用於詢問三個以上的選項時。

1 這把金斧頭是你的嗎？
2 不是，不是我的。
3 那麼，這把銀斧頭是你的嗎？
4 不是，那個也不是我的。
5 那麼，哪一把斧頭才是你的？
6 我的是銅斧頭。

1 この 金の おのは あなたのですか。

この	這
金(きん)	金
〜の	〜的
おの	斧頭
〜は	副助詞
あなたの	你的東西
〜ですか	是〜嗎？

2 いいえ、私のでは ありません。

いいえ 不是 ┃ 私(わたし)の 我的東西
では ありません 不是〜

今天沒有走完，明天就要用跑的喔。

3 では、この 銀の おのは
あなたのですか。

4 いいえ、それも
私のでは
ありません。

それも 那個也

では 那麼
銀（ぎん）銀

5 じゃあ、どの おのが
あなたのですか。

じゃあ 那麼
どの 哪個

6 私のは、銅の
おのです。

私（わたし）のは 我的（東西）｜銅（どう）銅

以語彙、文化鍛鍊肌肉

現在一起來仔細了解人稱代名詞與助詞の的用法。
同時也順便瞧瞧金與銀的正確發音吧。

それも

在それ（那個）之後加上も（也）。
例 あなたも がくせいですか。
你也是學生嗎？

では

意思是「那麼」，為それでは（那樣的話）的省略。じゃ與じゃあ也是同樣的意思。

金の おの
_{きん}

意思是「金斧頭」，在上一課曾經教過，名詞與名詞間添加的の，是限定後面所接詞語的內容或性質，相當於「～的」。特別注意金與銀的發音，金是嘴巴向兩旁拉開所發出的聲音，銀是鼻子出聲的鼻音。未來若有舉辦奧運或任何競賽時，可透過日本電視台的轉播，分辨看看是金メダル（金牌）還是銀メダル（銀牌），如此不僅有助於學習發音，也能感受到學習日文的另一種樂趣。

あなた

あなた的中文意思是「你」，不過實際上除了老婆稱呼老公之外，幾乎很少使用。如果想要表達「你」的時候，只要直呼對方的名字即可。在中文裡，夫妻之間老婆經常稱呼先生為「老公」。

意思為「我」的おれ為男性使用的詞彙，ぼく則是幼稚園學生或小學生所使用的詞彙，帶有稍微可愛的感覺。最後是表示「你」的きみ，用於上位者對下位者的稱呼（對陌生人不宜使用），お前則用於稱呼親近的朋友時。

〈指稱人的代表性人稱代名詞〉

第一人稱	第二人稱	第三人稱	不定稱
わたくし 我 わたし 我 ぼく 我（男性語） おれ 我（男性語）	**あなた!!!** 你 きみ 你（男性語） お前 你（男性語） ○○さん ～先生、小姐 ○○くん ～君	かれ 他 かのじょ 她	だれ 誰

あなた!!!
老公!!!

銅の おのです

意思是「銅斧頭」。在どうの おのです當中，どうの的發音並非「どーうーの(do u no)」，而是どーの(dō no)。類似這種在單字中間出現的あいうえお，是為了讓前面的字母發長音而存在。

例 おかあさん おか〜さん(o kā san)
　 おねえさん おね〜さん(o nē san)
　 おにいさん おに〜さん(o nī san)

日本童話的寓意

不知道各位讀到一些日本的童話故事時，是否會覺得給小朋友看的童話故事怎麼這麼殘忍呢……。原因在於日本童話的內容強調做壞事就會有悲慘的下場，這都是為了要讓人信奉佛教所編寫出來的童話故事。中國與日本童話最大的差異，在於中國常以孝道為出發點，而日本則並非如此。

あなたのですか？

意思是「這是你的東西嗎？」，這裡所使用的是「〜的東西」，在已確知詢問內容或詢問內容重覆時，加以省略使用。

〈の的三種用法〉

① 〈名詞+の+名詞〉〜的
例 トヨタの くるま
　 豐田的汽車

② 〈持有、所屬〉〜的東西
例 これは すずきさんの ほんですか。
　 這是鈴木先生（小姐）的書嗎？

例 これは すずきさんのですか。
　 這是鈴木先生（小姐）的書嗎？

③ 〈同等資格同位格〉身為〜的
例 友達の 則子さん
　 朋友則子姐

以解題練習消除贅肉

要努力才會有好結果喔！

1. 依照例句替換練習

例 これ 這個 / わたし 我 / かばん 皮包
→ これは わたしの かばんです。 這是我的皮包。

① それ 那個 / みきさん 美紀小姐 / かさ 雨傘 →_____

② あれ 那個 / せんせい 老師 / くるま 車 →_____

③ これ 這個 / たなかさん 田中先生 / ほん 書 →_____

2. 將正確的單字填入空格中。

それは ねこさんの かばんですか。 這是貓先生的皮包嗎？

はい、( ) は わたしのです。 是，（這個）是我的皮包。

じゃ、あれも ねこさんの かばんですか。 那麼，那也是貓先生的皮包嗎？

いいえ、( ) は わたしのじゃ ありません。 不是，（那個）不是我的。

では、( ) のですか？ 那麼，是（誰）的呢？

ぶたさんのです。 是豬先生的。

3. 依照例句造句練習

例 これ 這個 / かばん 皮包 / みきさん 美紀小姐
　→ これは だれの かばんですか。這個是誰的皮包？
　→ みきさんのです。是美紀小姐的。

① あれ 那個 / くるま 車 / せんせい 老師
　→ _____
　→ _____

② それ 那個 / くつ 鞋子 / わたし 我
　→ _____
　→ _____

③ この 這 / ケータイ 手機 / よしださん 吉田先生
　→ _____
　→ _____

解答
1-❶ それは みきさんの かさです。 1-❷ あれは せんせいの くるまです。 1-❸ これは たなかさんの ほんです。
2-❶ これ　2-❷ あれ　2-❸ だれ
3-❶ あれは だれの くるまですか。 せんせいのです。 3-❷ それは だれの くつですか。 わたしのです。
3-❸ この ケータイは だれのですか。 よしださんのです。

プチ 日本常識 　**絶對不造成父母的負擔**

　　在日本，從小就教育孩子不能造成別人的負擔，所以大部分的人對於「無功受祿」會感到很不好意思，就連父母也不例外。所以雖然大學學費可能仍由父母負擔，但是結婚費用、購屋費用等，大概作夢也不敢靠父母資助。如果父母願意給的話，當然是滿懷感激地收下。但是對台灣人來說，父母資助似乎是天經地義的事。

以所學文法做收操運動

指示代名詞こ・そ・あ・ど的使用由「距離遠近」決定。近稱為こ；中稱為そ；遠稱為あ；不定稱為ど。和例句一起背下來，必能加深印象。

● 指稱事物時 — これ・それ・あれ・どれ かさ 雨傘　 本 書　 田中 田中

這個	これ	これは ☂ です。 これは はやしさんの ☂ です。	這個是雨傘。 這個是林小姐的雨傘。
那個	それ	これは はやしさんの ☂ ですか。 はい、それは わたしのです。	這個是林小姐的雨傘嗎？ 是，那是我的雨傘。
那個	あれ	それは 📖 さんの 📖 ですか。 いいえ、わたしのじゃ ないです。	這是田中先生的書嗎？ 不是，不是我的。
哪個	どれ （用於詢問三個以上的選項時）	じゃ、どれが 📖 さんのですか。 わたしのは あれです。	那麼，哪一本是田中先生的？ 我的是那本。

● 連體詞 — この・その・あの・どの 人 人　 かばん 皮包

這	この	この 👧	この 👜
那	その	その 👧	その 👜
那	あの	あの 👧	あの 👜
哪個	どの （用於詢問三個以上的選項時）	どの 👧	どの 👜

03_5

● 1 到100的數字遊戲

1 いち

8 はち

50 ごじゅう

2 に

9 く・きゅう

60 ろくじゅう

3 さん

10 じゅう

70 ななじゅう

4 し・よん

11 じゅういち

80 はちじゅう

5 ご

20 にじゅう

90 きゅうじゅう

6 ろく

30 さんじゅう

100 ひゃく

7 しち・なな

40 よんじゅう

啦啦啦啦～

● 幾個的說法

一個
ひとつ

兩個
ふたつ

三個
みっつ

四個
よっつ

五個
いつつ

六個
むっつ

七個
ななつ

八個
やっつ

九個
ここのつ

十個
とお

04

以こ・そ・あ・ど ②

鍛鍊日語好身材

本課學習表示「這裡、那裡」等場所的指示代名詞，以及表示「這邊、那邊」等方向指示代名詞。

✿ 表示方向時

あっち 那邊
そっち 那邊
こっち 這邊
どっち 哪邊

✿ 表示場所時

どこ 哪裡
そこ 那裡
ここ 這裡
あそこ 那裡

✿ 場所相關單字

デパート 百貨公司

郵便局（ゆう びん きょく）郵局

トイレ 化妝室

駅（えき）車站

飲食店（いん しょく てん）餐廳

大学（だい がく）大學

銀行（ぎん こう）銀行

本屋（ほん や）書店

図書館（と しょ かん）圖書館

コンビニ 便利商店

✎ 以指示代名詞造句

讓我們來了解表示場所與方向的用語究竟有哪些表現。
也請好好學習該如何更尊敬地表達，還有會話中哪些單字出現的頻率較高。

→ 指稱場所時 ─ ここ・そこ・あそこ

不好意思	這裡	助詞	禁菸	是
↑	↑	↑	↑	↑

すみません、ここは　きんえんです。

ここ（這裡）、そこ（那裡）、あそこ（那裡）用於表示場所時。

→ 詢問場所時 ─ どこ

澀谷車站	助詞	哪裡	敬體疑問
↑	↑	↑	↑

しぶやえきは　どこですか。

どこ（哪裡；哪個地方）用於詢問場所時。

わたしのは
こっちです。

→ 指稱方向時 ─ こっち・そっち・あっち・どっち

小霞	小姐	的	雨傘	助詞	哪邊	敬體疑問
↑	↑	↑	↑	↑	↑	↑

かすみさんの　かさは　どっちですか。

我	的東西	助詞	這邊	是
↑	↑	↑	↑	↑

わたしのは　こっちです。

こっち（這邊）、そっち（那邊）、あっち（那邊）用於表示方向時。解釋為「～邊」或「～方向」。どっち（哪邊）用於詢問兩者其中之一時。

→ 敬稱場所與方向時 — こちら・そちら・あちら

這位	助詞	留學生	的	小霞	小姐	是
↑	↑	↑	↑	↑	↑	↑

こちらは　りゅうがくせいの　かすみさんです。

こちら（這邊、這裡）、そちら（那邊、那裡）、あちら（那邊、那裡）以上是表示場所的ここ・そこ・あそこ與表示方向的こっち・そっち・あっち的尊敬用法。

→ 尊敬地詢問場所與方向時 — どちら

化妝室	助詞	哪裡	敬體疑問
↑	↑	↑	↑

トイレは　どちらですか。

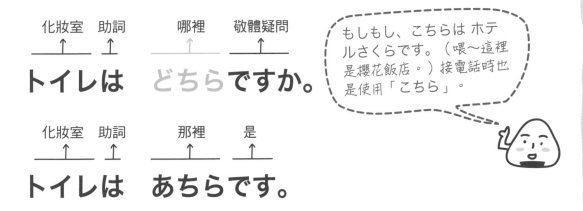

もしもし、こちらは ホテルさくらです。（喂～這裡是櫻花飯店。）接電話時也是使用「こちら」。

化妝室	助詞	那裡	是
↑	↑	↑	↑

トイレは　あちらです。

どちら（哪邊、哪裡）是どこ（哪裡）、どっち（哪邊）的尊敬表現。

トイレはどちらですか。

トイレはあちらです。

以會話培養體力

04_3

✦ 學習 こ・そ・あ・ど

　　急著上廁所的田中先生向店員詢問化妝室的位置。這個緊急情況是任何人都可能遇到的，一定要把這種用法記下來喔。另外，旁邊餐桌上綁頭髮的客人點了拿鐵咖啡嗎？還是摩卡咖啡？請仔細分辨這邊、那邊、哪邊的用法喔。

1 不好意思，化妝室在哪裡？
2 啊，化妝室在那裡。
3 啊，謝謝。
4 讓您久等了。拿鐵咖啡是哪位？
5 啊，是我的。
6 這裡是摩卡咖啡。
7 謝謝。

1 すみません、トイレはどこですか。

トイレ 化妝室
どこ 哪裡

2 あ、トイレはあちらです。

あ 啊（感嘆詞）
あちら 那裡、那邊

3 あ、どうも。

どうも 謝謝

今天沒有走完，明天就要用跑的喔。

4 お待たせしました。カフェラテは どちらですか。

お待(ま)たせしました
讓您久等了。
カフェラテ 拿鐵咖啡
どちら 哪位

5 あ、わたしです。

わたし 我
です 是

6 こちら カフェモ カです。

こちら 這邊、這裡
カフェモカ 摩卡咖啡

7 ありがとう。

ありがとう 謝謝

以下就來學習放在單字前面緩和語氣的「美化語」，以及表示方向的單字等內容吧。

トイレ

意思是「化妝室」，也稱為お手洗い，這個單字是由在化妝室裡手洗う所衍生出來的。洗い是洗う的動詞名詞形，お是接在單字前面緩和語氣的美化語。美化語有お與ご，簡單來說，お用於おまわりさん（巡警）、お水（水）、お金（錢）等「和語」；ご用於ご家族（家族）、ご親切（親切）、ご案内（介紹）等「漢語」。但有少數例外。

すみません

如果要向陌生人詢問時，中文會說「不好意思……（失礼ですが）」，不過日本人會有「很抱歉打擾您的時間、非常抱歉麻煩您」的想法，所以通常使用すみません（不好意思、對不起）。

すみません～

どうも

在第二課也曾經出現過，どうも的意思是「謝謝」，為どうも ありがとう的省略。

あ、トイレは あちらです

意思是「啊，化妝室在那裡。」當詢問化妝室在哪裡時，如果化妝室在遠處可以看見的地方，就用あちら。如果是對朋友或在非正式的場合，則可以改成あっち。

〈表示方向的單字〉

前 前

後ろ 後

右 右邊

左 左邊

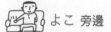
となり 旁邊

よこ 旁邊

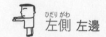
右側 右邊

左側 左邊

向かい側 對面

向かい＝正面 正面

となり與よこ兩者都有「旁邊」的意思，所以用法幾乎相同。不過如果是像となりのととろ（隔壁的龍貓）一樣表示「隔壁、鄰居」的情況時，となり就不能替換為よこ。

カフェラテは どちらですか

意思是「拿鐵咖啡是哪位的？」是カフェラテを ご注文された 方は どちらですか（點拿鐵咖啡的人是哪位？）的簡略說法。也可以更簡單的說カフェラテの ご注文は？（點拿鐵咖啡的是（哪位）？）。

カフェラテの ご注文は？

あ、わたしです。

あ、わたしです

意思是「啊，是我」，わたし解釋為「我」。

例 つぎの 人は だれですか。下一位是誰？
あ、わたしです。　　　　啊，是我。

プチ 日本常識

哇沙米

說到日本辛辣食物的代表，就屬哇沙米（芥末）了，有一種有趣的說法是，哇沙米的辣是嗆鼻、撼動人心的內斂的辣。這種辣正象徵了被動接受安排的日本人。此外，哇沙米的辣雖然嗆鼻，讓人流淚，但是這只是一瞬間的感覺。這種辣也象徵處世淡泊、做事不拖泥水的日本人。

お待たせしました

意思是「讓您久等了」，朋友間也可以說お待たせ「久等了」就好。從今天開始，如果約會遲到了，或是上完廁所對外頭久等的人，記得要說お待たせ喔。一句道歉的話，勝過十次的眼神表示喔。

お待たせ 山^^…

ありがとう

意思是「謝謝」，在日本一切以客為尊，所以在日本的店員一律對顧客使用敬語，而顧客則對店員則以「非敬語」回答，這是基本的常識。在這種情況下，如果顧客回答店員ありがとうございます（很感謝），是會非常奇怪的喔，這點請特別注意。

ありがとう。

 以解題練習消除贅肉

 → → → 要努力才會有好結果喔！

1. 看圖回答下面的問題

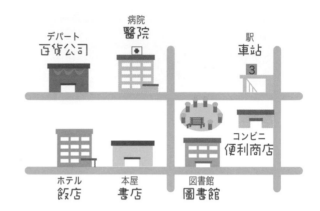

① 百貨公司在哪裡？　→在醫院旁邊。

② 圖書館在哪裡？　　→在公園前面。

③ 便利商店在哪裡？　→在車站對面。

④ 書店在哪裡？　　　→在飯店旁邊。

① デパートは どこですか。

→ 病院の ＿＿＿＿＿＿＿＿＿＿＿＿＿ です。

② 図書館は どこですか。

→ 公園の ＿＿＿＿＿＿＿＿＿＿＿＿＿ です。

③ ＿＿＿＿＿＿＿＿＿＿＿＿＿ は どこですか。

→ 駅の 向かいです。

④ ＿＿＿＿＿＿＿＿＿＿＿＿＿ は どこですか。

→ ホテルの となりです。

2. 在空格中填入適當的語詞

① あなたの かばんは ＿＿＿＿＿ ですか。

　→ わたしのは こっちです。

② ここは ＿＿＿＿＿ ですか。

　→ ここは 私の 大学です。

③ ＿＿＿＿＿ が あなたの 部屋ですか。

　→ いいえ、私の へやは こっちです。

④ ＿＿＿＿＿ は 禁煙です。

喫煙室は ＿＿＿＿＿ です。

　→ あ、どうも すみません。

① 你的皮包是哪一個？
　→ 我的是這個。
② 這裡是哪裡？
　→ 這裡是我（就讀）的大學。
③ 那邊是你的房間嗎？
　→ 不是，我的房間是這邊。
④ 這裡禁煙。
吸煙室在那邊。
　→ 啊，謝謝。

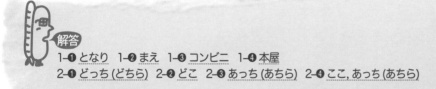

解答

1-① となり　1-② まえ　1-③ コンビニ　1-④ 本屋
2-① どっち（どちら）　2-② どこ　2-③ あっち（あちら）　2-④ ここ, あっち（あちら）

プチ 日本常識 日本人的稱謂

　　學習中文的日本人，異口同聲認為中國人的稱謂非常困難。夫家及妻家都有不同的稱謂，使用時必須分辨清楚。而日語則不同，日語的爺爺和外公都叫做「おじいさん」，叔父、伯父、姨丈都稱為「おじさん」。不僅在書寫時會有所差異，而且在口頭稱呼時，不僅爸爸媽媽家族的人不分，和自己年紀相仿或是年輕的，也可以直呼名諱，所以在稱謂上比中文更簡單。

以所學文法做收操運動

指示代名詞こ・そ・あ・ど中表示「場所與方向」的用法，是在日本旅遊時可以立刻派上用場的表現。跟著例句大聲反覆朗讀吧。

● 表示場所時 ── ここ・そこ・あそこ・どこ

だいがく **大学** 大學　しょくどう **食堂** 餐廳　としょかん **図書館** 圖書館　りょう **寮** 宿舍　きょうしつ **教室** 教室

這裡	ここ こちら	ここは の です。	這裡是大學餐廳。
那裡	そこ そちら	そこは の です。	那裡是大學圖書館。
那裡	あそこ あちら	あそこは の です。	那裡是大學宿舍。
哪裡	どこ どちら	は どこですか。 は あちらです。	教室在哪裡？ 教室在那裡。

● 表示方向時 ── こっち・そっち・あっち・どっち

ほうこう **方向** 方向

這邊	こっち こちら	こっちが わたしの いもうとの リカ。	這位是我妹妹理佳。
那邊	そっち そちら	そっちの ？	那個方向？
那邊	あっち あちら	こっち？ ううん、あっち。	這邊？ 不，那邊。
哪邊	どっち どちら	どっちが あなたの 本？ わたしのは そっち。	哪一本是你的書？ 我的是這本。

●練習說出日期●

● 表示日期時──今天幾號？

1號	2號	3號	4號
ついたち	ふつか	みっか	よっか

5號	6號	7號	8號
いつか	むいか	なのか	ようか

9號	10號	11號	12號
ここのか	とおか	じゅういちにち	じゅうににち

13號	14號	20號	30號
じゅうさんにち	じゅうよっか	はつか	さんじゅうにち みそか

幾號（呢）……

なんにち……

*日文的11日為「じゅういちにち」其中「じゅう」是「十」、「いち」是「一」、「にち」是「日」。12日開始就可以依此類推的往下推。「21日」則為「にじゅういちにち」，在開頭加上「に（二）」順排即可。不過請注意，舉凡是碰到4日結尾的14日跟24日，分別是「じゅうよっか、にじゅうよっか」。

▲抽出一年運勢的おみくじ

お正月 新年（1月1日）

1月1日相當於台灣的元旦，公司或商店、一般家庭門口，都會擺設作為裝飾的松樹門松，或是外觀看起來像金線的しめ飾り。

每逢佳節不可少的，就是食物！在這天，日本會準備像年糕一樣的お雑煮和年節餐盒，並享用裝有各種食物的おせち料理。享用料理時搭配的酒，就稱為お屠蘇，具有祈求長壽的意義。

新年吉祥話 明けましておめでとうございます！
新年快樂！

成人の日 成人日（一月第二個星期一）

成人日是慶祝年滿20歲的男女成為大人的日子。活動大多於市民會館或里民會館、體育館、文化中心等地舉辦。這天女性會穿上稱為振袖的長袖和服，也有許多人一早就到美容院忙著穿和服，梳妝打扮。男生則穿上西裝或稱為袴的和服。

單字 新成人 剛滿20歲，參加完成人禮的人

▲逐漸普遍的豆まき活動

鬼は外、福は内〜

節分 節分（2月3日左右）

節分原本意思是四季轉換的季節分界線，廣義可指立春(立春)、立夏(立夏)、立秋(立秋)、立冬(立冬)的前一天，目前將立春的前一天（2月3日～4日左右）通稱為節分。這天舉行豆まき活動，將豆子灑向戴著妖怪面具的爸爸，以趕走惡鬼。據說撿起與自己年齡相同數量的豆子並吃下，可避免生病；也有撿起12顆豆子，觀察撿起豆子的狀態，卜算未來一年各月運勢的豆子占卜。另外，如果朝著該年福氣所在方向的恵方，吃下太巻きずし（太捲壽司），據說未來一整年都可以平安健康。

節分時向妖怪灑豆子所說的話

鬼は外、福は内〜
鬼出去，福進來〜

バレンタインデー 情人節（2月14日）
ホワイトデー 白色情人節（3月14日）

情人節是女生送給男生 チョコレート（巧克力）的日子，白色情人節則由男生回送女生 マシュマロ（棉花糖）、クッキー（餅乾）、キャンディー（糖果）等禮物。チョコ是チョコレート的省略，在情人節這天贈送的巧克力，按照贈送對象的不同表示不同的意義。禮貌上送給公司上司，或同事、朋友的巧克力稱為 義理チョコ（義理巧克力）；男生送給女生的巧克力稱為 逆チョコ；送給心上人的巧克力，就稱為 本命チョコ（本命巧克力）。

05

以時間表現鍛

錬日語好身材

一起來好好學習時間的唸

法吧！

✦ 時間——幾點鐘

いち じ **1時** 1點	**に じ** **2時** 2點	**さん じ** **3時** 3點	**よ じ** **4時** 4點
ご じ **5時** 5點	**ろく じ** **6時** 6點	**しち じ** **7時** 7點	**はち じ** **8時** 8點
く じ **9時** 9點	**じゅう じ** **10時** 10點	**じゅう いち じ** **11時** 11點	**じゅう に じ** **12時** 12點

05_1

単字暖身

✦ 表示時間時

今	何時	半	ちょうど
いま	なん じ	はん	
現在	幾點	半	整點

すぎ	午前	午後	～から ～まで
	ご ぜん	ご ご	
超過	上午	下午	從～到～

> 7分也可讀為しちふん；
> 8分也可讀為はちふん。

✦ 時間——幾分鐘

いっ ぷん 1分 1分	に ふん 2分 2分	さん ぷん 3分 3分	よん ぷん 4分 4分	ご ふん 5分 5分
ろっ ぷん 6分 6分	なな ふん 7分 7分	はっ ぷん 8分 8分	きゅう ふん 9分 9分	じゅっ ぷん 10分 10分
に じゅっ ぷん 20分 20分	さん じゅっ ぷん 30分 30分	よん じゅっ ぷん 40分 40分	ご じゅっ ぷん 50分 50分	ろく じゅっ ぷん 60分 60分

05_2

✿ 了解各種不同的時間表現

1點50分除了可以直接說1點50分，也可以說「距離2點還有10分鐘」。

現在就來學習這些簡單的時間表現乃至於更高級的用法，一次掌握關於時間的各種表現。

→ 詢問時間

現在　　　　幾點　　　敬體疑問
↑　　　　　　↑　　　　↑
今、　　　何時　です　か。
いま　　　なんじ

いま、なんじですか。

なんじ（幾點）：詢問時間所使用的表現。
如果前面加上すみません（不好意思），就是更有禮貌的表現。

→ 說出時間

1點　　　是
↑　　　　↑
1時です。
いち　じ

1點　　　　　　　整　　　是
↑　　　　　　　 ↑　　　↑
1時　ちょうどです。

1點　　30分　　　是
↑　　　↑　　　　 ↑
1時　30分です。
　　　さん じゅっ ぷん

1點　　半　是
↑　　　↑　↑
1時　半です。
　　　はん

12點　　50分　　　是
↑　　　↑　　　　 ↑
12時　50分です。
じゅう に じ　ご じゅっ ぷん

1點　　10分　　前　　是
↑　　　↑　　　↑　　↑
1時　10分まえです。
　　　じゅっ ぷん

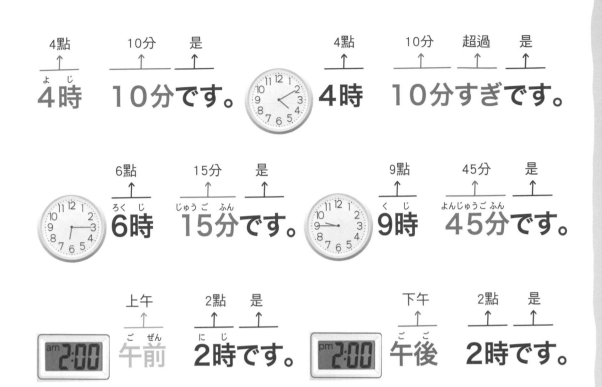

4點	10分	是
↑	↑	↑

4時 **10分です。**
（よ じ）

4點	10分	超過	是
↑	↑	↑	↑

4時 **10分すぎです。**

6點	15分	是
↑	↑	↑

6時 **15分です。**
（ろく じ）（じゅうご ふん）

9點	45分	是
↑	↑	↑

9時 **45分です。**
（く じ）（よんじゅうご ふん）

上午	2點	是
↑	↑	↑

午前 **2時です。**
（ご ぜん）（に じ）

下午	2點	是
↑	↑	↑

午後 **2時です。**
（ご ご）

→ 使用～から～まで，詢問與回答營業時間

百貨公司	助詞	幾點	從	幾點	到	敬體疑問
↑	↑	↑	↑	↑	↑	↑

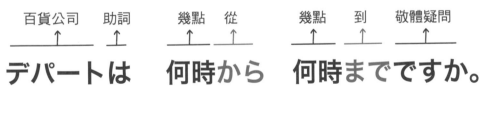

デパートは **何時から** **何時までですか。**

10點	從	7點半	到	是
↑	↑	↑	↑	↑

１０時から **7時半までです。**
（じゅう じ）（しち じ はん）

～から～まで（從～到～）用於表現「從
幾點到幾點」的時間範圍時。

デパートは
なんじから
なんじまでですか。

１０時から
７時半までです。

05_3

✦ 詢問營業時間

挑戰一個人從台灣到日本旅遊的李先生，竟然忘了在機場先將台幣換成日圓。在李先生詢問正準備將鐵門拉下的銀行職員的場景中，讓我們來練習營業時間的問答。

1 咦？已經打烊了嗎？

2 是的……。

3 現在幾點呢？

4 已經超過3點10分了。

5 銀行從幾點到幾點呢？

6 9點到3點喔。

7 咦？為什麼不是4點，而是到3點啊？

8 什麼???

1 えっ、もう
終(お)わりですか。

2 そうですが・・・。

えっ 咦？什麼？啥？（驚訝或訝異時發出的聲音）

もう 已經、早已

終(お)わり 結束、最後

そうですが…… 沒錯，但是……

今天沒有走完，明天就要用跑的喔。

₃今、何時ですか。

今(いま) 現在
何時(なんじ) 幾點

₄3時10分すぎです。

3時(さんじ) 3點
10分(じゅっぷん) 10分
すぎ 超過

₅銀行は 何時から 何時までですか？

銀行(ぎんこう) 銀行
何時(なんじ)から 何時(なんじ)まで
從幾點到幾點

₆9時から 3時までですよ。

9時(くじ) 9點

₇えー、どうして4時じゃなくて3時までなんですか。

どうして 為什麼
4時(よじ) 4點
～じゃなくて 不是
～（而是…）
～なん 強調詢問原因

₈はぁ？？？

はぁ？什麼？（感到錯愕時使用）

接著讓我們好好瞧瞧どうして與なぜ在語氣上的差異，以及助詞が的用法。

最後介紹一處適合分手的景點……。

もう

意思是「已經、早已、如今」。

例
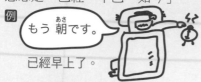
もう 朝です。

已經早上了。

もう 大学生です。

如今已是大學生了。

どうして

意思是「為什麼、怎麼會」，可以替換為なぜ。如果一定要比較どうして與なぜ的差異，どうして是間接詢問理由或原因的用語，給人較委婉的感覺；なぜ是向對方追究理由或原因的用語，給人比較強烈的感覺。如果要問「為什麼遲到啊？」，可以利用どうして詢問對方どうして 遅れたんですか，有單純詢問為什麼遲到的感覺；也可以利用なぜ詢問對方なぜ 遅れたんですか，這就帶有生氣的口吻了。不過當話者正處於發怒狀態時，這時使用上並沒有太大的差異。

終わり

意思是「結束、最後」，與おしまい相同。

例
私の 人生も もう 終わりだ。

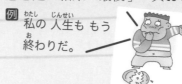

我的人生也到此為止了。

そうですが…

意思是「沒錯，但是……」，助詞が是「……，但是」的意思。

〈が的用法〉

① ～格助詞（主語）

例
私が 吉田です。

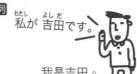

我是吉田。

あちらが 図書館 です。

那邊是圖書館。

② 雖然～（逆接）

例
きょうは 月曜日ですが、休みです。

雖然今天是星期一，但是休息。

4時じゃなくて 3時まで ですか

意思是「不是4點，而是3點啊？」，じゃなくて的意思是「不是〜」。

例
がくせい
学生じゃなくて 会社員です。
かいしゃいん

不是學生，是上班族。

9時から 3時までですよ

意思是「9點到3點喔」，9時的發音要特別注意。日本的銀行是早上9點營業，下午3點結束。營業時間後，與台灣一樣可以在ATM（自動提款機）存款與提款，一般來說幾乎不太使用支票。

はぁ???

意思是「什麼???」感到錯愕時使用。也可以使用え???（咦???）、ん???（嗯???）

〈〜から〜まで〉

助詞から是時間的起始，まで是時間的結束。除了時間以外，也可用來表示「期間、場所、距離」等。

例
げつようび　　きんようび
月曜日から 金曜日までです。 從星期一到星期五。
とうきょう　　なごや
東京 から 名古屋までです。 從東京到名古屋。

プチ 東京観光 ● **不忍池**(不忍池)**的傳說**
しのばずのいけ

從前從前，在上野有一座名為「不忍池」的湖。在這座湖上，有一道穿越湖泊的石墩橋。當時有一對清寒貧苦的情侶，經常越過石墩橋到柳樹下幽會。然而有一天，女子的繼母發現兩人的關係，妒火中燒之餘，將石墩橋的其中一個石塊拿掉，男子不知情，依然如同往常穿越石墩橋，卻因此跌落湖中溺斃。女子知道這件事後，也追隨情郎尋死。據說從此之後，這裡便經常出現幽靈，如果情侶在這座湖上划船，就會讓他們立刻分手。如果現在想和另一半分手，何不來一趟分手之旅，到不忍池上划船如何？

以解題練習消除贅肉

要努力才會有好結果喔！

1. 看圖回答問題

すみません。
いま、何時（なんじ）ですか。

不好意思，請問現在幾點？

① _____

② _____

③ _____

④ _____

プチ 日本常識 嚴格遵守時間的日本人

日本人有很嚴謹的時間觀念。不僅確實遵守與別人約定的時間，地鐵或公車的時間也很準時。就公車來說，公車站甚至還貼有公車時刻表。地鐵也是一樣，甚至還曾傳出為了確實遵守幾分鐘的時間，而加快車速發生事故的事件。如果遇見如此嚴格遵守時間的日本人，最好暫時拋下「台灣的時間觀念」喔。

例 <u>銀行</u>は 何時から 何時までですか。　　銀行從幾點到幾點？

→ <u>午前</u> 9時から <u>午後</u> 3時までです。　上午9點到下午3點。

① レストラン 餐廳（am10:00～pm10:00）

　_____ は 何時から 何時までですか。

　→ _____ から _____ までです。

② 図書館 圖書館（am9:00～pm7:00）

　_____ は 何時から 何時までですか。

　→ _____ から _____ までです。

③ ドラマ 連續劇（pm9:00～9:55）

　_____ は 何時から 何時までですか。

　→ _____ から _____ までです。

④ 英語の 授業 英文課（am9:30～11:30）

　_____ は 何時から 何時までですか。

　→ _____ から _____ までです。

解答
1-❶ じゅういちじです・じゅういちじ ちょうどです　1-❷ さんじ じゅうごふんです　1-❸ くじ にじゅっぷんです
1-❹ ろくじ ごじゅっぷんです・しちじ じゅっぷんまえです
2-❶ レストランは 何時から 何時までですか → 午前 10時から 午後 10時までです。
2-❷ 図書館は 何時から 何時までですか。→ 午前 9時から 午後 7時までです。
2-❸ ドラマは 何時から 何時までですか。→ 午後 9時から 9時 55分までです。
2-❹ 英語の 授業は 何時から 何時までですか。→ 午前 9時 30分から 11時 30分までです。

以所學文法做收操運動

利用這個時間，將時間的表達作個簡單的總整理。
只要花上五分鐘的時間就可以馬上記起來囉。

● 主要時間的唸法

	寫法	日文唸法
12點	１２時	じゅうにじ
12點整	１２時　ちょうど	じゅうにじ　ちょうど
10分	１０分	じゅっぷん
15分	１５分	じゅうごふん
30分	３０分	さんじゅっぷん
半	半	はん
40分	４０分	よんじゅっぷん
45分	４５分	よんじゅうごふん
50分	５０分	ごじゅっぷん
10分前	１０分前	じゅっぷんまえ
4點1分	４時１分	よじ　いっぷん
9點9分	９時９分	くじ　きゅうふん
10點6分	１０時６分	じゅうじ　ろっぷん
11點10分	１１時１０分	じゅういちじ　じゅっぷん
上午	午前	ごぜん
下午	午後	ごご
幾點幾分	何時　何分	なんじ　なんぷん

05_5

● 讓我們的生活更便利的 のりもの（交通工具）們

バス 公車

オートバイ 摩托車

自転車（じ てん しゃ） 腳踏車

地下鉄（ち か てつ） 地鐵

タクシー 計程車

飛行機（ひ こう き） 飛機

自動車（じ どう しゃ） 汽車

船（ふね） 船

汽車（き しゃ） 火車

電車（でん しゃ） 電車

● 搭乘交通工具時需要什麼呢？

きっぷ＝チケット 車票；票券

定期券（てい き けん） 定期票（分為1個月、3個月……
等不同期限的月票）

06

以形容動詞鍛
鍊日語好身材

日語的形容動詞和形容詞

一樣都是用來表示事物的

性質與狀態，但兩者的語

尾活用變化卻不相同喔。

單字暖身

✦ 代表性的形容動詞

好き ⟷ きらい
喜歡　　討厭

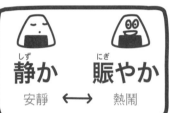

静か ⟷ 賑やか
安靜　　熱鬧

上手 ⟷ 下手
擅長　　不擅長

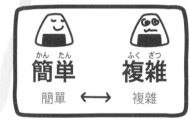

簡単 ⟷ 複雑
簡單　　複雜

大丈夫
沒關係

元気
健康

大切
重要

暇
空閒

便利
方便

有名
有名

大変
辛苦、相當地、很慘

きれい　乾淨、漂亮、美麗　　プチ 單字常識

　　據説在日本繪畫中相當重視原本的色彩，因此不會使用五彩繽紛的顏色。這可説是從喜歡純粹、洗鍊的日本人性格所衍生出來的美的意識。所以きれい除了有「乾淨」的意思外，也有「漂亮、美麗」的意思。這個單字可以讓人理解日本人認為「乾淨就是美」的想法。

✦ 以形容動詞造句（肯定/否定/疑問）

　　形容動詞指的是像しずか（安靜）、きれい（乾淨）、ひま（空閒）等單字一樣，帶有「名詞」意味的形容詞。要修飾名詞時，在後面加上な即可。形容動詞有しずかだ（安靜）、しずかな（安靜的）等語尾活用型態，在字典上則必須去掉だ或な，查找しずか才行。

→ 形容動詞的原形

方便
↓
べんり

> べんり這個單字為名詞，表示「方便」，也可作為形容動詞，表示「方便的」。

→ 形容動詞的現在式

地鐵	助詞	方便	常體
↑	↑	↑	↑

ちかてつは　べんりだ。

> 那麼一起來瞧瞧形容動詞與名詞的使用有多類似吧。
> 例 学生だ（學生）→学生です（學生）
> 　　便利だ（方便）→便利です（方便）
> 完全一模一樣吧？他們是雙胞胎喔，還是同卵雙生呢。

　　便利だ（方便）的現在式是在詞尾加上だ。
　　便利です（方便）將だ替換為です，就變成敬體表現了。
例 ちかてつは 便利（べんり）だ。地鐵很方便。
　　東京（とうきょう）の ちかてつは 便利（べんり）です。東京的地鐵很方便。

→ 形容動詞的否定

春樹	的	小說	助詞	討厭	不
↑	↑	↑	↑	↑	↑

はるきの　しょうせつは　きらいじゃない。

　　きらいではない ＝ きらいじゃない（不討厭）形容動詞的否定與名詞相同，只要加上ではない、じゃない就可以了。在會話中較常使用じゃない。
　　では ありません ＝ じゃ ありません ＝ じゃ ないです（不是～）ではない、じゃない的敬體用法。在會話中較常使用じゃないです。

→ 前面使用助詞が的形容動詞

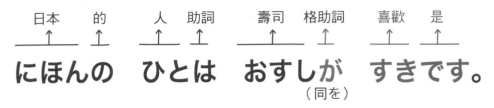

日本	的	人	助詞	壽司	格助詞	喜歡	是

にほんの　ひとは　おすしが　すきです。

（同を）

　　～が すきです（喜歡～）就文法來說，動詞前面應該接上～を，不過有的形容動詞會使用～が。

　　使用助詞が的形容動詞有：～が好きだ（喜歡～）、～がきらいだ（討厭～）、～が上手だ（擅長～）、～が下手だ（不擅長～）。

例

日本料理では 何が いちばん 好きですか。

おさしみが いちばん 好きです。

日本料理では 意思是日本料理的中では（在日本料理中），～中（～中）因為是大家都知道的事實，所以經常被省略。

最喜歡生魚片。

日本料理中，最喜歡什麼樣的料理？

→ 用形容動詞修飾名詞

澀谷	助詞	熱鬧	的	地方	是

しぶやは　にぎやかな　ところです。

　　にぎやかな（熱鬧的）形容動詞要修飾後面的名詞時，加上な。

例 静かだ（安靜）→ 静かな ところ（安靜的地方）

→ 形容動詞的連接

北海道	助詞	安靜	且	乾淨	的	地方	是

ほっかいどうは　しずかで　きれいな　ところです。

　　しずかで（又安靜，又～又～）後方接續形容動詞時，將だ替換為で。

✦ 深入了解形容動詞

在運動當中，看似朋友關係的一位男生與三位女生聊到了歌手——亞瑟小子。一邊觀察被女生嘲笑的可憐男生，一邊學習形容動詞吧。

1 亞瑟小子舞跳得很棒吧？
2 我也非常喜歡他。
3 亞瑟小子的身材比舞蹈更棒唷！
4 欸，只有身材好而已啦！
5 但是他是國際巨星啊！
6 沒錯，比你好多了。
7 嗚（被攻擊了）。

Oh nooo, oh no~~
Ooh, yeah, oh my~~ ♪

1 アッシャーは ダンスが 上手（じょうず）だね。

あまり ハンサムじゃない男性（だんせい）
長得不怎樣的男生

おしゃべりな女性（じょせい）
說三道四的女生

アッシャー 亞瑟小子
〜は 副助詞
ダンス 跳舞
上手 擅長、才能傑出
〜だね 〜吧？

きれいな女性 漂亮的女生

2 私（わたし）も 大好（だいす）き。

私（わたし）我
〜も 也〜
大好（だいす）き 非常喜歡

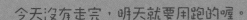

今天沒有走完，明天就要用跑的喔。

₃アッシャーは ダンスより 体よ。

₄えー、ただの マッチョだよ。

ただ 只是｜マッチョ 肌肉發達的人
〜だよ 〜啦

より 比｜体(からだ) 身材｜〜よ 〜唷

でも 但是｜　ワールドスター　國際巨星

₅でも、ワールドスターよ。

₆そうよ。あなた より ましよ。

₇ウッ (やられた)

ウッ 嗚（遭到吐嘈時的感嘆語）
やられた 被吐嘈了、被嘲笑了

そうよ 沒錯
あなた 你
まし 更好、更棒

＜敬體表現＞

1 アッシャーは ダンスが 上手ですね。　2 私も 大好きです。　3 アッシャーは ダンスより 体ですよ。

4 えー、ただの マッチョじゃないですか。　5 でも、ワールドスターですよ。

6 そうですよ。あなたよりは いいですよ。

以語彙、文化鍛鍊肌肉

06_4

接著讓我們瞧瞧形容動詞中，經常使用的接尾詞ね與よ。

あなたより ましよ

意思是「比你好多了」，まし是彼此都很類似，但是又更好一些。

例 次男が きょうだいの 中で いちばん ましだ。
老二是兄弟中最傑出的。

大好き

大好き!!

大～接在形容動詞或名詞前面，表示「非常～；超級～」的意思。大好き意思是「非常喜歡」，另外還有大きらい（非常討厭）、大満足（超級滿足）、大都市（大都市）等例子。

～だね

意思是「～吧？」用於認為對方了解，並尋求對方的認同時。

ダンスが 上手だね

意思是「舞跳得很棒吧」。「上手（擅長）、下手（不擅長）、好き（喜歡）、きらいだ（討厭）、得意（擅長）」使用助詞が。這裡表示「擅長」意思的上手、得意，用法並不相同，得意大多使用於「鋼琴彈得好、舞跳得好」等陳述自己的話題時，而上手則用於稱讚別人。另外，上手不使用於仕事（工作）、勉強（讀書）。這時要說勉強がよくできる（書讀得不錯）、仕事がよくできる（工作做得不錯）。如果要表達「很會喝酒」，並不說お酒が上手だ，而是說お酒が強い（酒量好）。

ただの

意思是「只不過」。

例

すてきな プラモデルだね。
好酷的塑膠模型。

あ、ただの おもちゃだよ。
啊，只是玩具而已啦！

ウッ

被攻擊時發出的感嘆語。

ウッ！嗚！

より

意思是「比起～更～」，用於比較兩種對象所具有「程度」的差別。

例
> バスより でんしゃの ほうが 便利だ。
> 地鐵比公車方便。

マッチョ

這個詞通常用來形容男性，意指「肌肉結實健壯，有倒三角體格，非常陽剛健美又很Men的人」。

よ

意思是「～呀、～唷」，用於向對方傳達對方所不知道的事情時。ね則用於認定對方已經知道事實，並尋求對方同意或確認時。

例
> この 料理 おいしいですよ。
> 這道料理很好吃唷。

（同意）
> このダイヤ きれいですね。
> 這只鑽戒很漂亮吧？
> そうですね。 沒錯。

（確認）
> 会議は 10時からですね。
> 會議10點開始吧？
> はい、そうです。
> 是，沒錯。

プチ 東京觀光 ● 台場（お台場）

大家都知道，以富士電視台總部所在地及「彩虹大橋（レインボーブリッジ）」而聞名的台場（人工島）吧。也是電影《踊る大搜查線（跳躍吧！大搜查線）》的拍攝場景。台場原本是毫無利用價值的空地，因為臨海副都心的開發，如今已發展為各式先進遊樂設施、最新流行商店櫛比鱗次的大型都市。走一趟距離東京市區不遠的台場，千萬不能錯過有「自由女神像（自由の女神像）」的「德克斯東京灣海濱購物中心(DECKS Tokyo Beach)」與台場海濱公園、「調色板城(Palette Town)」的「摩天輪（大観覧車）」的夜景喔。

1. 依照例句替換練習（以下第一欄為常體，第二欄為敬體。）

例 好き 喜歡 → 好きだ 喜歡　　　好きです 喜歡
　　　　　　　好きじゃない 不喜歡　好きじゃないです 不喜歡

① 静か 安靜 → _____　_____　_____

② 元気 健康 → _____　_____　_____

③ 大切 重要 → _____　_____　_____

2. 依照下列例句寫出完整的句子

例 りえさん 理惠小姐 / 親切 親切 / きれい 漂亮 / 人 人

→ りえさんは 親切で きれいな 人です。理惠小姐是親切又漂亮的人。

① 東京 東京 / 交通が 便利 交通方便 / にぎやか 熱鬧 / ところ 地方

→ _____

② しゃぶしゃぶ 涮涮鍋 / 簡単 簡單 / 有名 有名 / 料理 料理

→ _____

③ 沖縄 沖繩 / 静か 安靜 / きれい 漂亮 / 町 城鎮

→ _____

3. 將以下中文句子翻譯成日語

① 我的房間不乾淨。（私の 部屋 我的房間、きれい 乾淨）（請使用常體）

　➜ _____

② 良子小姐喜歡的食物是什麼？（良子さん 良子小姐、好き 喜歡、食べ物 食物、何 什麼）（請使用敬體）

　➜ _____

③ 這個週末沒空。（今度 這一次、週末 週末、ひま 閒暇）（請使用敬體）

　➜ _____

④ 喜歡交通方便又熱鬧的地方。（交通 交通、便利 方便、にぎやか 熱鬧、ところ 地方、好き 喜歡）（請使用敬體）

　➜ _____

解答
1-❶ 静かだ　静かです　静かじゃない　静かじゃないです　1-❷ 元気だ　元気です　元気じゃない　元気じゃないです
1-❸ 大切だ　大切です　大切じゃない　大切じゃないです
2-❶ 東京は 交通が 便利で にぎやかな ところです。　2-❷ しゃぶしゃぶは 簡単で 有名な 料理です。
2-❸ 沖縄は 静かで きれいな 町です。
3-❶ 私の 部屋は きれいじゃない。3-❷ 良子さんが 好きな 食べ物は 何ですか?
3-❸ 今度の 週末は 暇じゃありません。3-❹ 交通が 便利で にぎやかな ところが 好きです。

プチ 日本常識　緊急救難專線 112, 110, 119

　　緊急時的求救電話都是非常簡單且容易令人記住的。發生犯罪、遭竊、交通事故時，可用行動電話撥打**112**國際求救電話，在日本則要撥打**110**番（ひゃく　とお　ばん）。發生火災或有急救患者時，台灣與日本都是撥**119**番（ひゃく　じゅう　きゅう　ばん）。

以所學文法做收操運動

形容動詞的用法與名詞相似，在修飾名詞時，後面加上な；後面接續形容動詞時，語尾改成で。要學好形容動詞並不困難。

唯一要注意的是，前面必接助詞が的形容動詞必須視為特殊用法，要牢牢記住喔。

● 形容動詞的活用變化圖

	きれいだ 漂亮	静かだ 安靜	便利だ 方便	親切だ 親切
～だ ～常體	きれいだ	静かだ	便利だ	親切だ
～です ～敬體	きれいです	静かです	便利です	親切です
～ではない ～常體否定	きれいではない	静かではない	便利ではない	親切ではない
～ではありません ～敬體否定	きれいでは ありません	静かでは ありません	便利では ありません	親切では ありません
～な ～的（名詞）	きれいな	静かな	便利な	親切な
～で 又～，又～	きれいで	静かで	便利で	親切で

● 前面必接が的形容動詞

～が好きだ　喜歡～	～がきらいだ　討厭～
～が上手だ　擅長～	～が下手だ　不擅長～、不熟悉～

● 身體最有自信的部分是？

あたま
頭

め
眼睛

はな
鼻

くち
嘴巴

頭髮稱為
かみのけ

くび
脖子

て 手

眼屎是由め（眼）加上く
そ（屎）這個單字，稱為
めくそ；鼻屎稱為はなく
そ；耳屎稱為みみくそ。

みみ
耳朵

かた
肩膀

おなか
肚子

こし
腰

あし
腿

07

以比較表現鍛鍊日語好身材

～と～と どちらが すき ですか?意思是「～與～之中，喜歡哪一個？」在比較的同時，將幾種疑問表現一起學起來吧。

のみもの 飲料

コーヒー
咖啡

ゆずちゃ
柚子茶

ビール
啤酒

ジュース
果汁

こうちゃ
紅茶

たべもの 食物

さしみ
生魚片

すし
壽司

すきやき
壽喜燒

おこのみやき
大阪燒（御好燒）

たこやき
章魚燒

みそしる
味噌湯

くだもの 水果

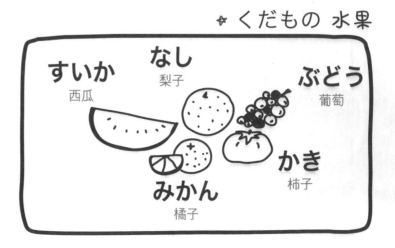
すいか 西瓜
なし 梨子
ぶどう 葡萄
みかん 橘子
かき 柿子

以基礎文法降低體脂肪

✦ 選擇疑問句與回答

以下學習「比較兩種對象」時的問答法，以及「比較三種以上對象」時的問答法。

→ 比較兩種對象

咖啡	與	紅茶	與	哪一個	助詞	喜歡？
↑	↑	↑	↑	↑	↑	↑

コーヒーと　こうちゃと　どちらが　すきですか。

> 在造出類似上述的句子時，多數學習者會帶有中文式的思考方法，「既然是問喜歡咖啡和紅茶之中的哪一種，應該要用中で（之中）吧……」，因此經常可以看到「コーヒーと 紅茶の 中で どちらが 好きですか」這種錯誤的翻譯句子。這個句型顯示出中文與日語的差異，使用時請特別注意。

～と～と どちらがすきですか？（～與～之中，喜歡哪一個？）用於比較與詢問兩種對象。

～と～と どっちがすき？（～與～之中，喜歡哪一個？）去除ですか，就成了朋友之間使用的常體表現。

→ 回答問題

（我 助詞）	紅茶	比起	咖啡	方面 格助詞	喜歡
↑	↑	↑	↑	↑ ↑	↑

(わたしは)　こうちゃより　コーヒーの　ほうが　すきです。

兩個都	喜歡
↑	↑

どちらも　すきです。

～より ～の ほうが すきです（喜歡～更勝～）針對詢問兩種之中喜歡哪一個的回答，中間插入的の，不解釋為名詞與名詞連接的の。

どちらも すきです 兩個都喜歡 指示代名詞どちら（哪一邊）加上も（也），意思是「哪一邊都～」，亦即「兩者皆～」的意思。雖然用 全部好きです（全部都喜歡）來回答會比較簡單，但是如果是兩個都喜歡，一定要用どちらも。請特別注意，「全部」用於「三個以上」的對象時。

→ 比較三種以上的對象

咖啡　　與　　　紅茶　　與　　　　柚子茶　　　　之中　在　哪個 格助詞

コーヒーと　こうちゃと　ゆずちゃの　なかでどれが

最　　　　　喜歡？

いちばん　すきですか。

　　　　〜と 〜と 〜の なかで どれが いちばん すきですか（在〜與〜與〜之中，最喜歡哪一個？）詢問三個以上的對象時，必須使用〜の 中でどれが 的表現。

どれが（哪一個）也可替換為 何が（什麼）、だれが（誰）等。

→ 回答問題

咖啡　格助詞　　　　最　　　　　喜歡

コーヒーが　いちばん　すきです。

全部　　　　　喜歡

ぜんぶ　すきです。

　　　　針對「三者當中最喜歡哪一個」此一問題的回答時，要用〜が いちばん すきです（最喜歡〜）。
　　　　如果全部都喜歡，可使用全部すきです回答。

→ なにが 與 どれが 的區別

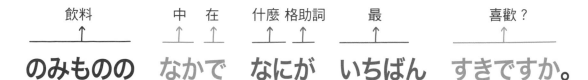

飲料　　　　中　在　　什麼 格助詞　　　最　　　　　喜歡？

のみものの　なかで　なにが　いちばん　すきですか。

　　なにが（什麼）：通常何が可替換為どれが，不過在のみもの（飲料）、くだもの（水果）、のりもの（交通工具）、スポーツ（運動）等較大範圍的類別時，只能使用何が。也就是說，因為どれが用於選擇「已指定好的」幾項事物，所以使用範圍可以說比何が窄。

07_3

✦ 學習比較表現

　以下是父母詢問孩子最喜歡什麼的情況。

　どちらが(どっちが)與どれが(何^{なに}が)雖然看似簡單，不過卻很容易混淆，以下就來好好區別兩者的用法，並且加強練習吧。

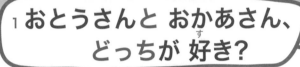

1 おとうさんと おかあさん、どっちが 好^すき？

期待(きたい)
期待

おとうさん 爸爸 | と 和 | おかあさん 媽媽
どっち 哪一位 | が 格助詞 | 好(す)きだ 喜歡

2 おかあさん！

おかあさん 媽媽
にこにこ 笑開懷

がっかり 失望

3 じゃあ、おかあさんと あめと どっちが 好^すき？

じゃあ 那麼
あめ 糖果

4 う～ん、あめ！

う～ん 嗯～

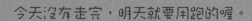
今天沒有走完，明天就要用跑的喔。

5 じゃあ、あめと チョコと アイスクリームの 中(なか)で どれが いちばん 好(す)き？

チョコ ＝ チョコレート　巧克力
アイスクリーム 冰淇淋
の 的｜どれ 哪一個
いちばん 最

6 アイスクリーム！

反射的(はんしゃてき) 反射

8 う～～～～、 ぜ～～んぶ 好(す)き。

全部(ぜんぶ) 全部

7 じゃあ、アイスクリームの 中(なか)で 何(なに)が いちばん 好(す)き？

1 爸爸和媽媽，你喜歡誰？　2 媽媽！
3 那麼，媽媽和糖果，你喜歡哪一個？　4 嗯～，糖果！
5 那麼，糖果和巧克力和冰淇淋，你最喜歡哪一個？　6 冰淇淋！
7 那麼，冰淇淋當中，最喜歡哪一種？　8 嗯～～，全～～部都喜歡。

以語彙、文化鍛鍊肌肉

接著讓我們學習如何用日語稱呼家中的成員，又如何區分並稱呼自己的家庭與別人的家庭。

おとうさんと おかあさん、どっちが 好き?

意思是「爸爸和媽媽，你喜歡誰？」日本人與自己的家人聊天或稱呼家人時，也和中文一樣，根據對方與自己的關係而有尊稱和直呼名字的差別。但是提到別人的家庭成員時，必須使用尊稱；相反地，在別人面前談論自己的家人時，一定要使用謙稱。

〈稱呼自己的家人、向別人提到自己的家人、提到別人的家人時，該如何用日語表達？〉

		稱呼自己的家人時	提到自己的家人時	提到別人的家人時
	爺爺	おじいちゃん	祖父	おじいさん
	奶奶	おばあちゃん	祖母	おばあさん
	爸爸	お父さん	父	お父さん
	媽媽	お母さん	母	お母さん
	姊姊	お姉ちゃん	姉	お姉さん
	哥哥	お兄ちゃん	兄	お兄さん
	妹妹	（直呼姓名）	妹	妹さん
	弟弟	（直呼姓名）	弟	弟さん
	女兒	（直呼姓名）	娘	娘さん
	兒子	（直呼姓名）	息子	息子さん

<用生活化的例句掌握家庭關係>

あめ

意思是「糖果」，字尾語調上揚（平板型）。日語當中有許多文字相同、意義卻不同的詞彙。其中也有以語調的高低來區別意義的單字，不必把它全部背下來，只要記住以下幾個以語調的高低區別意義的代表例子即可！

例 糖果 あめ、雨 あめ｜柿子 かき　牡蠣 かき｜橋 はし、筷子 はし

語調由上往下，或是後面的語調上揚，這樣理解會比較輕鬆。

プチ 東京觀光 ● 丸之內的名產「餐車」

　　午餐時間走一趟日本的辦公商業區——丸之內，可以看見許多行動餐車（ネオ屋台村）。ネオ是公司名稱，屋台村是「路邊攤」的意思。在日本，午餐時間到處尋找沒有人的餐廳吃飯的人就稱為「午餐難民（ランチ難民）」，因應這些午餐難民的需求，於是在中午11：30～14：00便出現這種「移動式餐車」。除了日式料理外，在這裡還可以接觸到義大利、墨西哥、泰國料理等各種異國料理，有機會一定要品嚐看看喔。

要努力才會有好結果喔！

1. 仿照例句說說看

例 コーヒー 咖啡 / 紅茶（こうちゃ）紅茶 / 好き（す）喜歡

コーヒーと 紅茶と どちらが 好きですか。 咖啡與紅茶，你喜歡哪一個？

→ 紅茶より コーヒーの ほうが 好きです。 喜歡咖啡勝過紅茶。

① バス 公車 / 地下鉄（ちかてつ）地鐵 / 便利（べんり）方便

＿＿＿＿＿と ＿＿＿＿＿と どちらが ＿＿＿＿＿ですか。

→ ＿＿＿＿＿より ＿＿＿＿＿の ほうが ＿＿＿＿＿です。

② 雲林（うんりん）雲林 / 台南（たいなん）台南 / にぎやか 熱鬧

＿＿＿＿＿と ＿＿＿＿＿と どちらが ＿＿＿＿＿ですか。

→ ＿＿＿＿＿より ＿＿＿＿＿の ほうが ＿＿＿＿＿です。

③ 英語（えいご）英語 / 数学（すうがく）數學 / 得意（とくい）擅長

＿＿＿＿＿と ＿＿＿＿＿と どちらが ＿＿＿＿＿ですか。

→ ＿＿＿＿＿より ＿＿＿＿＿の ほうが ＿＿＿＿＿です。

プチ 日本常識 加鹽還是加糖？

　　為了增加甜度，日本會在西瓜或番茄上灑鹽，或在煎蛋（玉子焼き（たまごやき））上灑糖以增加風味，而非鹽巴。至於在食用荷包蛋（目玉焼き（めだまやき））時，日本人也常淋上醬油或其他醬料來食用，而非灑鹽或淋上番茄醬。那麼，水煮蛋（ゆで卵（たまご））和蒸蛋（茶碗蒸し（ちゃわんむし））呢？嗯……正確答案就是——鹽巴！

2. 仿照例句說說看

例 果物 水果 / 何 什麼 / 好き 喜歡 / バナナ 香蕉

果物の 中で 何が 一番 好きですか。 在水果當中，最喜歡什麼？

→バナナが 一番 好きです。 最喜歡香蕉。

① スポーツ 運動 / 何 什麼 / 得意 擅長；拿手 / 野球 棒球

＿＿の 中で ＿＿が 一番 ＿＿ ですか。→ ＿＿ が 一番 ＿＿ です。

② 台北 / どこ / にぎやか / 西門町

＿＿の 中で ＿＿が 一番 ＿＿ ですか。→ ＿＿ が 一番 ＿＿ です。

3. 將劃線的部分改為正確的答案

① りんごと みかんと どちらが 好きですか。 蘋果與柿子，你喜歡哪一個？

全部 好きです。 （全部都）喜歡。　　　（＿＿＿＿＿＿＿＿＿＿）

② スポーツの 中で どれが 一番 得意ですか。 運動當中，最擅長（什麼）？

サッカーが 一番 得意です。 最擅長足球。　（＿＿＿＿＿＿＿＿＿＿）

③ りんごと みかんと バナナの 中で 何が 一番 好きですか。

蘋果、柿子與香蕉之中，最喜歡（哪一個）？

りんごが 一番 好きです。 最喜歡蘋果。　（＿＿＿＿＿＿＿＿＿＿）

解答
1-❶ バスと 地下鉄と どちらが 便利ですか。バスより 地下鉄の ほうが 便利です。
1-❷ 台南と 雲林と どちらが にぎやかですか。雲林より 台南の ほうが にぎやかです。
1-❸ 英語と 数学と どちらが 得意ですか。英語より 数学の ほうが 得意です。
2-❶ スポーツの 中で 何が 一番 得意 ですか。野球が 一番 得意です。
2-❷ 台北の 中で どこが 一番 にぎやかですか。西門町が 一番 にぎやかです。
3-❶ どちらも　3-❷ 何が　3-❸ どれが

依照比較「兩種對象」或「三種以上對象」的不同，比較表現的「問與答」所使用的單字也不同，這點要特別記住。

● 比較表現

バス 公車　地下鉄 地鐵　野球 棒球　サッカー 足球

～與～之中，哪一個～？ （比較兩種對象）	～と～とどちらが ～ですか	問 🚌と🚇と どちらが 便利ですか。 公車與地鐵，哪一個方便？
比起～，～更～。	～より～のほうが ～です	答 🚌より🚇の ほうが 便利です。 地鐵比公車方便。
～ 兩者都喜歡。	～どちらも～です	問 ⚾と⚽と どちらが 好きですか。 棒球與足球之中，你喜歡哪一個？ どちらも 好きです。 兩個都喜歡。
～與～與～與～之中，哪一個～？ （比較三種以上的對象時）	～と～と～と～の 中でどれが ～ですか	問 りんごと バナナと みかんと ぶどうの 中で どれが いちばん 好きですか。 蘋果、香蕉、柿子與葡萄之中，你最喜歡哪一個？
全部～。	全部～です	答 全部 好きです。 全部都喜歡。
在～當中，什麼～？	～の中で何が ～ですか	問 くだもの の中で 何が いちばん 好きですか。 水果當中，你最喜歡哪一種？

07_5

● 你喜歡什麼運動？

やきゅう
棒球

バスケットボール
籃球

サッカー
足球

スキー
滑雪

すいえい
游泳

バレーボール
排球

たっきゅう
桌球

すもう
相撲

じゅうどう
柔道

● 喜歡運動的人，這些可是基本的單字，要記起來喔～

オリンピック
奧林匹克

ワールドカップ
世界盃

チーム
隊伍

おうえん
加油

しあい
比賽

せんしゅ
選手

かんとく
教練

財經傳訊　幫你一手掌握「理財金融、工作趨勢、經營管理」新觀念

財經傳訊　幫你一次進入「人文殿堂、完美溝通、勵志人生」新概念

LA PRESS 語研學院　用最新的學習概念、高效學好外語

國際學村　最專業的教學教材選用書！暢銷外語學習書！

國際學村　新制多益、日語檢定專業準備用書

善用你的能力圈，只買你懂的，只做你會的。
讓切老幫助你徹底釋放內在的投資潛能。

NEW

能力圈選股，投資致勝的關鍵

作者／謝毓琛（切老）　定價／550元

主動投資最為人忽視的致勝關鍵。

近年來「存股」成為股票投資時的顯學，很多投資達人強調買進一些股票長期持有就會有好的回報。但投資真的有這麼簡單嗎？你會不會存到一支業績只是曇花一現，業務卻逐漸走下坡的企業股票？或是，因為沒能很深入瞭解這家公司，當股價有劇烈波動時，你就因為缺乏信心而抱不住股票，最後錯失了股票的成長複利？

如果你投資的股票，其業務內容與營運模式在你理解的能力圈之外，那你的存股結果其實和賭輪盤差不多。

投資要成功的關鍵就在於能否掌握自己的能力圈，並且知道自己能力圈的限制在哪裡，哪些投資可以做，有哪些不能做。要獲得投資成功的關鍵就在你自己身上。

神準天王分享日賺10萬元的操盤技巧

100張圖成為當沖贏家

作者／方天龍　定價／460元

協助新手克服「貪和怕」兩大心理門檻

本書以此為基礎，針對初學者提供完整的入門系統，在兼顧心理層面的情況下，分享知識。

例如一般小資族，常常因為賺錢的心太急，且只有一套資金，投入之後就沒有轉圜機會，被套又捨不得停損，因而周而復始的淪於失敗的宿命。因此他提出當沖成功的條件，第一條就是現金準備越多越有利：「投資比例要低」，是重要的贏家經驗。

作者提供的許多建議，都考量到心理的層面，如盤中不可任意改變心意。尤其在該不該「留倉」方面。正確的抉擇是當沖就當沖，不要留倉。即使要留倉，也是「做對加碼」式的擴大獲利，而非「做錯攤平」式的抱殘守缺。

除了心理層面的問題，對一個當沖的入門新手，所必須知道的知識面問題，作者也提供系統化的資訊。從如何取得當沖的資格，到什麼價格的標的容易操作，都有詳細的說明。

ひな祭り 雛祭（3月3日）

也稱為桃の節句（桃之節句），為祝福女孩子健康長大，在紅色階梯上擺設雛人形（雛人偶）和各種人物的道具，並奉上糕點與甜酒。位於階梯最高階的是內裏雛，為天皇與皇后模樣的人偶；下一階稱為三人官女，為三尊宮女模樣的人偶；再下一階稱為五人ばやし，擺放五位樂器演奏者。擺設雛人偶的時間以3月3日為基準，從一週前持續至3月4日。但是，如果放到4日以後擺著不管，據說會延誤女兒的婚事，甚至嫁不出去！

卒業式 畢業典禮、入学式 開學典禮

日本的3月是畢業季，4月則是開學季。畢業典禮的進行要說有什麼特別的地方，那就是向暗戀的學長要制服上第二ボタン（第二顆鈕扣）的習俗。開學典禮則在櫻花盛開的季節中展開，小學男生背著黑色的ランドセル（書包），女生則背著紅色的ランドセル。

花見 _{はなみ} 賞花

　　櫻花的日語稱為桜_{さくら}，從3月底開始到4月初，是賞花的旺季。日本地區從南方開始，將櫻花開花日相同的地區連成一道桜前線_{さくらぜんせん}（櫻花前線），通常3月下旬櫻花前線從日本最南端的九州_{きゅうしゅう}開始北上，5月上旬抵達最北端的北海道_{ほっかいどう}。這個時期經常可以看見全家大小出遊的人們，以及公司聯誼聚會的人潮，為了找個地方坐下來休息而尋找櫻花盛開的絕佳地點，這個行為就稱為場所取り_{ばしょと}。

端午の節句 _{たんご} _{せっく} 端午節（5月5日）

　　在端午節，人們祈求男孩子的健康，懸掛鯉_{こい}のぼり（鯉魚旗），並且擺設武者人形_{むしゃにんぎょう}（武士人偶）與兜飾り_{かぶとかざ}（頭盔裝飾），給予祝福。日本從4月底到5月初有許多節慶重疊，因此得以度過有如黃金般的連休假期。這段時間就稱為ゴールデン・ウィーク（Golden Week），亦即黃金週，也許是因為休息太久，每到假期結束，就會出現許多後遺症。這些症狀是在五月發生的，因此便稱為5月病_{ごがつびょう}（五月病）。

08

以名詞、形容動
詞的過去式鍛
鍊日語好身材

接下來學習名詞與形容動

詞的過去表現。名詞與形

容動詞的變化相似，因此

放在同一單元裡學習喔。

08_1

美麗的四季

| 春
はる
春 | 夏
なつ
夏 | 秋
あき
秋 | 冬
ふゆ
冬 |

| 季節
き せつ
季節 | 四季
し き
四季 |

讓四季多采多姿的天氣

| 天気
てん き
天氣 | 晴れ
は
晴朗 | 曇り
くも
陰暗 | 雲
くも
雲 |

| 雨
あめ
雨 | 雪
ゆき
雪 | 風
かぜ
風 | きり
霧 |

| 台風
たい ふう
颱風 | こおり
冰 | みぞれ
雪雨交加 | かみなり
打雷 |

| いなずま
閃電 | おちば
落葉 | にじ
彩虹 | 洪水
こう ずい
洪水 |

てるてる坊主 晴天娃娃
ぼう ず

プチ單字常識

日本人祈求晴天時，會在屋簷下吊掛雪人模樣的人偶，臉上只畫著可愛的圓眼睛。
若將這個てるてる坊主反過來吊掛，或是在眼睛外
再仔細畫上眼耳口鼻，就會變成祈求下雨。
如果希望明天是大晴天，不妨發揮一點創意，
利用碎布或白紙作出一個可愛的晴天娃娃吧！

✎ 名詞、形容動詞的過去式（肯定/否定）

　　以下將名詞、形容動詞合在一起學習，不僅可以節省時間，還能比較兩者的過去式是否相同。

→ 名詞的過去式

昨天	助詞	星期五	是（過去式常體）
↑	↑	↑	↑

きのうは　きんようび　だった。

　　きんようびだった（昨天是星期五）：在名詞後面加上だった，即為名詞的過去表現。敬體表現在後面加上〜でした即可。〜だった的疑問句加上「？」，句尾的地方語調要上揚，即為常體疑問。〜でした的疑問句則是〜でしたか。

　　〜だ（〜是）【現在】→〜だった（過去是〜）【過去常體】→〜でした（過去是〜）【過去敬體】

例　今日は 土曜日だ。今天是星期六。　　　今日は 土曜日です。今天是星期六。
　　きのうは 金曜日だった。昨天是星期五。　きのうは 金曜日でした。昨天是星期五。

→ 名詞的過去否定

昨天	助詞	休假	接續詞	不是（過去否定）
↑	↑	↑	↑	

きのうは　やすみでは　ありませんでした。

　　やすみでは ありません（不是休假日）的過去否定表現為〜では ありませんでした（過去不是〜），口語體中為〜じゃ ありませんでした，也可說〜じゃ なかったです。

　　〜です（是〜）【現在式】→〜では (じゃ) ありません/〜では (じゃ) なかった【過去否定】→〜では (じゃ) ありませんでした/〜では (じゃ) なかったです（過去是〜）【過去否定敬體】

休み有休息、放假、休假等意思。休息時間是休み時間；暑假是夏休み。在日本也有「休日（休假日）」的用語，不過通常用於國慶日等國定假日時。

例 今日は 休みです。　　　　　　　今天是休假日。
きのうは 休みでは ありませんでした。昨天不是休假日。
あしたも 休みでは ありません。　　明天也不是休假日。
きのうは 休みじゃ なかったです。　昨天不是休假日。

→ 形容動詞的過去式

昨天　助詞　　　　一整天　　　　空閒　過去式敬體

きのうは　いちにちじゅう　ひまでした。

　　ひまでした（空閒）形容動詞的過去表現與名詞相同，在後面加上でした即可。
～だ（是～）【現在】→～だった（過去是～）【過去】→～でした（過去是～）
【過去敬體】

→ 形容動詞的過去否定

以前　助詞　　生魚片 格助詞　喜歡　斷定　　　不是（過去否定）

むかしは　さしみが　すきじゃ　ありませんでした。

　　すきじゃ ありませんでした（不喜歡）形容動詞的過去否定表現與名詞相同，使
用じゃ ありませんでした。
　　～です（是～）【現在】→～では (じゃ) ありません/～では (じゃ) なかった【過
去否定】→～では (じゃ) ありませんでした/～では (じゃ) なかったです（過去是～）
【過去否定敬體】）

→ 形容動詞的過去連接

過去　助詞　生魚片 格助詞　討厭　雖然（過去），　現在　喜歡 （現在敬體）

むかしは　さしみが　きらいでしたが、いまは　すきです。

　　きらいでしたが（雖然過去討厭，但是～）：～が的意思是「雖然～、但是～」，
在這裡表示前後句互為相反關係。

以會話培養體力

興趣的問與答

聊到關於過去的興趣時，老爺爺與老奶奶開始打情罵俏了起來呢！

就好像形容動詞與名詞一樣。

1 美智子學生時代
　喜歡什麼樣的運動呢？
2 以前喜歡捧球。
3 啊，真巧，我以前也
　非常喜歡捧球。
　那麼，有喜歡的選手嗎？
4 嗯嗯，以前的張本勳
　選手。
5 不會吧，我也是張本勳
　選手的粉絲。那麼，下次
　一起去看捧球如何？

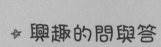

1 みちこさんは 学生のころ どんな
運動が 好きでしたか？

みちこ 美智子
〜さん 〜先生（小姐）
学生（がくせい）學生
〜の 〜的
ころ 時候、時代
どんな 什麼樣的
運動（うんどう）運動
好(す)きだ 喜歡 | 〜でしたか 〜過去疑問（常體）

2 野球が
好きでした。

野球 棒球
〜でした 過去敬體

3 あ、偶然ですね。
僕も 野球が 大好き
だったんです。
じゃ、好きな 選手
いますか。

あ 啊 | 偶然（ぐうぜん）恰巧 | 〜ですね 〜呢 | 僕（ぼく）我
〜も 〜也 | 大好(だいす)きだ 非常喜歡 | 〜だったんで
す 過去是〜 | じゃ 那麼 | 選手（せんしゅ）選手

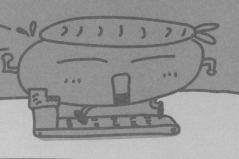

今天沒有走完，明天就要用跑的喔。

4 ええ、昔は はりもと
いさお選手でした。

ええ 嗯嗯
昔(むかし) 以前
張本勲(はりもといさお) 張本勲

5 うそー。僕も はりもと選手
の ファンなんです。
じゃ、今度 一緒に 野球観戦
でも どうですか？

うそ 騙人；不會吧（難以置信時的用語）
ファン 粉絲 ｜ ～なんです 是～（說明、強
調的語氣）｜ 今度(こん ど) 下次
一緒(いっ しょ)に 一起
野球観戦(や きゅう かん せん) 看棒球
～でも ～之類的 ｜ どうですか 如何？

以語彙、文化鍛鍊肌肉

以下將介紹日本的棒球，還有會話中經常使用的「そう」與「今度」。

学生のころ

学生是「學生」，～の頃是「～的時候、時期、時代」的意思，指的是「學生時代、學生時期」。

今度

意思是「這次、下次、下一回」，用於表示關於未來的事情。舉例來說，若要表示「這次暑假去夏威夷玩回來了」，必須說この前の夏休みにハワイに行ってきた。

例 今度の 日曜日は 14日です。

下一個星期日是14號。〈未來的事〉

この前の夏休みに ハワイに 行ってきた。

大好きだったんです。

是由大（非常）加上好きだ（喜歡）所組成的句子，大接在名詞或形容動詞的前面，就帶有とても～だ（非常～）的意思。～んです（是～）由～のです而來，是會話中經常使用的表現。

例

大嫌いだ 非常討厭

大ファン 超級粉絲

大好物 最喜歡的東西

うそー

うそ原本意思是「說謊」，但是在本文中，並非懷疑對方的話，而是帶有「真的呀？是喔？」的語氣，用於回應對方的說話內容。

うそー??

はりもと いさお

「張本勳」聞名國際，是出身日本韓僑的前日本職棒選手。日本有中央聯盟（セントラルリーグ）與太平洋聯盟（パシフィック），共計12個職棒球團。各聯盟採行Climax Series（クライマックスシリーズ）方式，選出優勝的前三名隊伍。日本棒球場多半是巨蛋體育場，國內最受歡迎的球隊讀賣巨人隊，就是以東京ドーム（東京巨蛋）為主場。入場費依照各地區與各球場而有不同，即使是同一座棒球場，也會因座位等級不同而收取不同的票價。

＜日本的職業棒球球隊＞

●中央聯盟
中日龍隊（名古屋）、讀賣巨人隊（東京）
養樂多燕子隊（東京）、
廣島東洋鯉魚隊（廣島）、
橫濱灣星隊（橫濱）、阪神虎隊（大阪）

●太平洋聯盟
軟體銀行鷹隊（福岡）、羅德海洋隊（千葉）
日本火腿鬥士隊（札幌）、
樂天金鷹隊（仙台）、
歐力士猛牛隊（大阪）、
崎玉西武獅隊（所澤）

プチ 東京觀光

東京巨蛋 （とう きょう ドーム）

以讀賣巨人隊主場聞名的東京巨蛋，也是日本最大的演唱會場館，並以格鬥競技場聞名。規模大約是台北小巨蛋的二點三倍大，可容納5萬5千人，如果有哪位歌手登上東京巨蛋演出，就可證明已經達到演藝圈的最高地位了。

順帶一提，如果要到東京巨蛋，可以利用JR的水道橋站（水道橋駅すいどうばしえき），或是丸之內線（丸の内線まる うちせん）上的後樂園站（後楽園駅こうらくえんえき）來搭乘。

要努力才會有好結果喔!

1. 依照例句替換練習

例

学生 學生 →

<u>学生</u>だった 以前是學生。(常體)

<u>学生</u>でした 以前是學生。(敬體)

<u>学生</u>でしたか 以前是學生嗎?

<u>学生</u>では(じゃ)ありませんでした 以前不是學生。

① 誕生日 生日 → _____

_____

② 好き 喜歡 → _____

_____

③ 上手 擅長 → _____

_____

④ 活発 活潑 → _____

_____

2. 依照例句替換練習

例 昔 以前 / 好き 喜歡 / 今 現在 / 嫌い 討厭

→ <u>昔</u>は <u>好き</u>でしたが <u>今</u>は <u>嫌い</u>です。 以前喜歡,但是現在討厭。

① 昨日 昨天 / 雨 下雨 / 今日 今天 / いい天気 好天氣

→ _____

② 学生の とき 學生時代 / 活発 活潑 / 今 現在 / 静か 安靜（文靜）

→ _____

③ 子供の ころ 小時候 / 水泳が 苦手 不擅長游泳 / 今 現在 / 得意 擅長

→ _____

3. 依照例句替換練習

例 昨日の パーティーは にぎやかでしたか。昨天派對熱鬧嗎？（不…）

→ いいえ、にぎやかじゃありませんでした 不，不熱鬧。

① 部屋は きれいでしたか。 房間乾淨嗎？（不，…）

→ _____

② お店の 店員は 親切でしたか。 商店的店員親切嗎？（是，…）

→ _____

③ 昨日の 試験は 簡単でしたか。 昨天的考試簡單嗎？（不，…）

→ _____

解答
1-❶ 誕生日だった 誕生日でした 誕生日でしたか 誕生日では(じゃ)ありませんでした 1-❷ 好きだった 好きでした 好きでしたか 好きでは(じゃ)ありませんでした 1-❸ 上手だった 上手でした 上手でしたか 上手では(じゃ)ありませんでした
1-❹ 活発だった 活発でした 活発でしたか 活発では(じゃ)ありませんでした
2-❶ 昨日は雨でしたが今日はいい天気です。 2-❷ 学生のときは活発でしたが今は静かです。
2-❸ 子供のころは水泳が苦手でしたが今は得意です。
3-❶ いいえ、きれいじゃありませんでした。 3-❷ はい、親切でした 3-❸ いいえ、簡単じゃありませんでした

名詞並不是改變字尾加以活用，而是透過後面所接的～だ（是～）加以活用。以下特地整理一張詳細的圖表，只要看表格整理大概就能了解，非常簡單。替換所有知道的名詞，大聲朗讀出來，直到琅琅上口為止吧。

● 名詞的過去式

雨 雨

過去是～ （常體）	～だった	きのうは 🌧 だった。昨天是雨天（下了雨）。
過去不是～ （常體）	～では(じゃ)なかった	きのうは 🌧 じゃなかった。 昨天不是雨天（沒有下雨）。
過去是～ （敬體）	～でした	きのうは 一日中 🌧 でした。 昨天一整天是雨天（下了雨）。
過去不是～ （敬體）	～では(じゃ)ありませんでした ～では(じゃ)なかったです	きのうは 🌧 じゃ ありませんでした。 昨天不是雨天（沒有下雨）。

● 形容動詞的過去式

歌 唱歌

過去是～ （常體）	～だった	🎤 が 好きだった。過去喜歡唱歌。
過去不是～ （常體）	～では(じゃ)なかった	🎤 が 好きじゃ なかった。 過去不喜歡唱歌。
過去是～ （敬體）	～でした	こどものころは 🎤 が 好きでした。 小時候喜歡唱歌。
過去不是～ （敬體）	～では(じゃ)ありませんでした ～では(じゃ)なかったです	こどものころは 🎤 が 好きじゃ ありませんでした。嫌いでした。 小時候不喜歡唱歌。 很討厭。
過去～，但是～ （敬體）	～でしたが、～です	こどもの ころは 水泳が 苦手でしたが、 今は 得意です。 小時候不擅長游泳，現在很拿手。

08_5

● 一起學習日本生肖的說法吧！

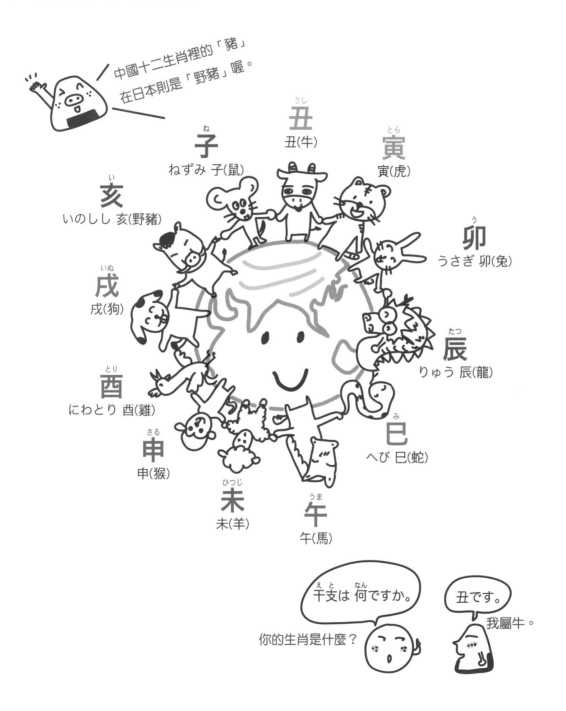

中國十二生肖裡的「豬」
在日本則是「野豬」喔。

丑（うし）
丑(牛)

子（ね）
ねずみ 子(鼠)

寅（とら）
寅(虎)

亥（い）
いのしし 亥(野豬)

卯（う）
うさぎ 卯(兔)

戌（いぬ）
戌(狗)

辰（たつ）
りゅう 辰(龍)

酉（とり）
にわとり 酉(雞)

巳（み）
へび 巳(蛇)

申（さる）
申(猴)

未（ひつじ）
未(羊)

午（うま）
午(馬)

干支（えと）は 何（なん）ですか。

你的生肖是什麼？

丑です。

我屬牛。

09

以形容詞鍛鍊
日語好身材

日本的形容詞語尾是い，
故稱為い形容詞。它的語
尾會依狀況產生不同的變
化，還可以用來修飾名詞
和動詞喔！

單字暖身

✿ 形容詞和它的反義詞

おもしろい　つまらない
有趣的　←→　無聊的

おいしい　まずい
好吃的　←→　難吃的

暑い　寒い
あつ　さむ
熱的　←→　冷的

明るい　暗い
あか　くら
亮的　←→　暗的

易しい　難しい
やさ　むずか
容易的　←→　困難的

近い　遠い
ちか　とお
近的　←→　遠的

いい＝よい　悪い
わる
好的　←→　壊的

重い　軽い
おも　かる
重的　←→　軽的

多い　少ない
おお　すく
多的　←→　少的

大きい　小さい
おお　ちい
大的　←→　小的

古い　新しい
ふる　あたら
舊的　←→　新的

たかい 高的；貴的；高大的

たかい的意思有ビルがたかい（建築物高）的「高」；
有ねだんがたかい（價格昂貴）的「貴」；
也有せがたかい（身高高）的「高」。ねだんがたかい的相反是ねだんが やすい
（價格便宜）；せがたかい的相反是せがひくい（身高矮）。
請注意，雖然中文説「身材高大」，但不可以説成せがおおきい喔。

練習用形容詞造句（肯定/否定/疑問）

以下學習形容詞的「肯定句、否定句與て形」的用法。請特別注意，在用於否定句與て形時，字尾的い必須改為く。

→ 形容詞的基本形

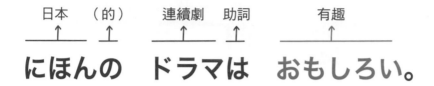

おもしろい（有趣）：形容詞的現在式直接使用辭書形。
おもしろいです（有趣）：表示敬體時，後面加上です即可。
例 狭い 窄 → 狭いです 窄

→ 形容詞的否定

たかく ない（不高）為たかい（高）的否定表現，將形容詞字尾的い替換為く，後面加上ない，就變成否定了。

たかく ないです＝たかく ありません（不高）為敬體表現，在～く ない後面加上～です即可。相同的用法還有～く ありません。口語中則使用～く ないです。

例 小さい 小 → 小さくないです, 小さくありません 不小

わたしのこいびとは
せがたかくない。

128

→ 形容詞的名詞修飾

有趣的　　　　書

おもしろい　ほん

重いかばん…！

おもしろい ほん（有趣的書）：形容詞要修飾名詞時，直接使用原形即可。

例 重い かばん 重的皮包、おいしい 料理 美味的料理

　　おもしろく ない ほん（無趣的書）為形容詞的否定形，修飾名詞時，將字尾的い替換為く，並在後面加上ない即可。

　　修飾名詞的形容詞特例：多い（多）、少ない（少）、遠い（遠）、近い（近）等這類的形容詞要修飾名詞時，使用多くの、少しの、遠くの、近くの的形式。

重要！

例 多くの 人 許多人、少しの 苦労 些許的辛苦、遠くの アパート 遠的公寓、近くの 店 附近的商店

→ いい的否定

缺席　　　助詞　　　　好　　　　不

けっせきは　よく　ない。

よく ない（不好）：いいとよい的意思相同，但表示否定時，不說いく ない，而是使用よい表達否定的よく ない。
　　よく ないです（不好）為敬體表現，只要在ない後面加上です即可。

→ 形容詞的連接

鐵板麵　　　助詞　　　便宜　　　　　又好吃

やきそばは　やすくて　おいしいです。

やすくて（便宜，又……）：兩個形容詞連接時，將い改為く即可連接。因為後面接上て，故稱為「て形」。

例 明るくて 静かです 又明亮，又安靜、狭くて 暑いです 又狹窄，又熱

　　やすく なくて（不便宜，……）以否定表現連接兩個形容詞時，將ない改為なくて。

例 この 仕事は 忙しくなくて いいです。這個工作不忙，很好。

✿ 發生在餐廳的事

接下來一起瞧瞧「好吃與難吃」、「量多與量少」等形容詞的相反及其否定表現，並把它記在腦海中。在日本「咖啡續杯」不能用外來語「リフィル（refill）」這種說法，而是有其他的表現。到底要怎麼表現呢？

1 咖啡好喝嗎？

2 嗯，非常好喝。

3 量不會太少嗎？

4 不，剛剛好。

5 哇～！

6 不好意思，咖啡可以「續杯」嗎？

7 什麼？（因為兔子用錯了講法所以店員聽不懂）

8 （看著兔子）啊，再來一杯是吧？（面向店員）咖啡，再來一杯！

9 啊，是，我知道了。

10 總共5,000日圓。

11 什麼?!好貴！

1 コーヒー、おいしい？

2 うん、とても おいしい。

コーヒー 咖啡　おいしい 好喝、好吃　うん 嗯　とても 非常

3 量は 少なく ない？

量(りょう) 量　少(すく)ない 少

4 ううん、ちょうど いいわよ。

ううん 不　ちょうど 正好、恰好　いい 好　〜わ 通常為女性所使用的終助詞，用於表示感動、看法、驚嘆時　うるさい 吵雜

5 わー！　わー 哇

6 すみません、コーヒー、リフィル できますか？

すみません 不好意思
リフィル 補充
できますか 可以嗎？

7 はい？

はい？什麼？

8 あ、お代わりですよね。コーヒー、もう 一杯！

お代(か)わり 再來一份同樣的

一杯(いっぱい)
一杯、滿滿地

9 あ～はい、かしこまりました。

あ～はい 啊～是
かしこまりました 我知道了
背(せ)が 高(たか)い 身高高

11 えっ？！高い！

えっ 什麼!? (驚訝) 高い 貴
怒(おこ)る 生氣
驚(おどろ)く 驚
訝

10 全部で、5,000円です。

全部(ぜんぶ) 全部
〜で 格助詞
背(せ)が 低(ひく)い 身高矮
やさしい 溫柔

こわい 可怕

<敬體表現>
1 コーヒー、おいしいですか？ 2 はい、とても おいしいです。 3 量は 少なく ないですか？
4 いいえ、ちょうど いいです。

在許多台灣餐廳裡，基本的小菜也都不是免費提供的。咖啡可以免費續杯的餐廳也有限。台日雖然相似，還是讓我們來瞧瞧日本的情況是如何的吧。

おいしい？

意思是「好吃嗎？」在詢問別人時，直接在形容詞的原形（基本形）後面加上「？」（問號日語稱為はてな或クエスチョンマーク）即可。相反的，如果不好吃的話，可以說おいしくない、まずい。好吃還有うまい的說法，但主要為男性使用。

例

どう？ おいしい？
如何？好吃嗎？

ううん、まずい。
不，不好吃。

とても

原本意思是「非常、相當地」，如果後面接上否定詞時，則帶有「實在是、真的是」的意味。

例　この 漢字_{かんじ}は とても 難_{むずか}しい。　這個漢字非常困難。
　これじゃ、とても だめだ。　這樣的話，實在不行。

うん

如果對問題的答案抱持肯定態度，使用うん（嗯）；否定則使用ううん（不）。更尊敬的說法為はい（是）與いいえ（不是）。

例　這個房間不熱嗎？

この部屋_{へや}、暑_{あつ}くない？

うん、ちょっと暑い。
嗯，有點熱。

ううん、暑くない。
不，不熱。

量は 少_{りょう}なく ない？_{すく}

意思是「量不會太少嗎？」少ない的否定為少なくない。形容詞的否定表現就像這樣去い加くない。敬體的「量不會太少嗎？」，可以說少なくないですか或是少なくありませんか。

例　この アパート 狭_{せま}くない？　　這間公寓會不會太小？（常體）
　この アパート 狭く ないですか。　這間公寓會不會太小？（敬體）
　この アパート 狭く ありませんか。　這間公寓會不會太小？（敬體）

ううん、ちょうど いいよ

直譯為「不，正好」、「不，剛剛好」，ちょうど的意思是「正好、恰好」。

例

ちょうど 9時だ。
剛好9點。

ちょうど バスが 来た。
正好公車來了。

おかわり

　　意思是「再來一份相同的東西或食物」，おかわり大多用於吃的東西。リフィル（補充）的英文原字refill雖然有「續杯」的意思，但日文用於筆芯的墨水用完待補充，或是補充多孔筆記本的活頁紙等，交換內容物或補充內容物時。日本的餐廳與台灣相同，很少免費提供餐前的小菜。即使有提供，小菜的種類也不多，客人也幾乎不會主動向店家要求水以外的東西。如果到日本餐館吃拉麵沒有免費提供醃蘿蔔，吃披薩沒有免費提供酸黃瓜時，也請不要見怪喔。

全部で、5,000円です

　　意思是「總共5,000日圓」，更自然的表現是全部で5000円になります（總共是5,000日圓）。

全部で、5,000円です。
總共5,000元。

プチ 東京觀光

東京冒出的星星

　　法國權威出版社所出版的《米其林指南(ミシュランガイド)》，嚴選並介紹世界最頂級的餐廳與飯店。這本指南以星級評比世界頂級的餐廳，三星級(三つ星)表示「值得前往旅遊以享用這道美食的頂級料理」；二星級(二つ星)表示「非常美味，值得特地前往享用的料理」；一星級(一つ星)則表示「在這個領域中傑出的美味料理」。在東京，獲得三星級評價的餐廳就有11家。這一點也可以證明東京是全世界首屈一指的「美食(グルメ)之城」。如果現在正計畫前往東京旅遊的人，不妨來一趟特別的追「星」美食之旅吧！

要努力才會有好結果喔！

1. 依照例句替換練習

例 この ケーキは おいしいですか 這塊蛋糕好吃嗎？

→ はい、おいしいです。 是，好吃。

→ いいえ、おいしく ありません。 不，不好吃。

→ おいしく ないです。 不好吃。

① 学校の 勉強は 楽しいですか。 學校的課好玩嗎？

→ _____

② 北海道の 夏は 涼しいですか。 北海道的夏天涼快嗎？

→ _____

③ お酒は 体に いいですか。 酒對身體好嗎？

→ _____

2. 依照例句寫出完整的句子

例 この ケーキ 這塊蛋糕 / あまい 甜 / おいしい 好吃

→ この ケーキは あまくて おいしいです。 這塊蛋糕又甜又好吃。

① この 小説 這部小說 / むずかしい 艱深 / つまらない 無聊

→ _____

② あの 店 那間店 / 高い 貴 / まずい 難吃

➡ --

③ 妙子さんは 妙子小姐 / やさしい 溫柔 / きれい 漂亮

➡ --

3. 仿照例句回答問題

例 妙子さんの 恋人は 背が 低い 妙子小姐的男朋友身高矮 / かっこいい 帥

➡ <u>妙子さんの 恋人は 背が 低いですが かっこいいです。</u>

妙子小姐的男朋友身高矮，但是長得帥。

① この 小説は ちょっと むずかしい 這部小說有點難 / おもしろい 有趣

➡ --

② 四川料理は からい 四川料理很辣 / おいしい 好吃

➡ --

③ この 部屋は 安い 這間屋子很便宜 / 駅から 遠い 離車站很遠

➡ --

解答

1-❶ はい、楽しいです。いいえ、楽しく ありません。楽しく ないです。 1-❷ はい、涼しいです。いいえ、涼しく ありません。涼しく ないです。 1-❸ はい、体にいいです。いいえ、体に よくありません。体に よくないです。
2-❶ この 小説は むずかしくて つまらないです。
2-❷ あの 店は 高くて まずいです。 2-❸ 妙子さんは やさしくて きれいです。
3-❶ この 小説は ちょっと むずかしいですが おもしろいです。 3-❷ 四川料理は からいですが おいしいです。
3-❸ この 部屋は 安いですが 駅から 遠いです。

形容詞變化中最重要的部分，是其否定形與變成て形時，必須將去い加く。

● 形容詞

ケーキ 蛋糕

形容詞基本形	～い	🍰は おいしい。	蛋糕好吃。
常體疑問	～い？	🍰は おいしい？	蛋糕好吃嗎？
敬體	～です	🍰は おいしいです。	蛋糕好吃。
敬體疑問	～ですか	🍰は おいしいですか。	蛋糕好吃嗎？
常體否定	～く ない	🍰は おいしく ない。	蛋糕不好吃。
常體否定疑問	～く ない？	🍰は おいしく ない？	蛋糕不好吃嗎？
敬體否定	～く ないです ～く ありません	🍰は おいしく ないです。 🍰は おいしく ありません。	蛋糕不好吃。
敬體否定疑問	～く ないですか ～く ありませんか	🍰は おいしく ないですか。 🍰は おいしく ありませんか。	蛋糕不好吃嗎？
～的（接名詞）	～い（接名詞）	おいしい🍰	美味的蛋糕。
又～、又～	～くて～	この🍰は 甘くて おいしいです。 這塊蛋糕又甜又好吃。	

09_5

● 「趣味釣魚」釣出你的興趣！

クラシック
古典音樂

歌
うた
唱歌

読書
どく しょ
閱讀

絵
え
繪畫

まんが
漫畫

旅行
りょ こう
旅遊

つり
釣魚

散歩
さん ぽ
散步

しばい
戲劇

おどり
跳舞

映画
えい が
電影

ピアノ
鋼琴

登山
と ざん
登山

ダンス
跳舞

音楽
おん がく
音樂

アニメ
動畫

日本のドラマ
に ほん
日劇

いけばな
插花

パチンコ
小鋼珠

さどう
茶道

10

以形容詞的過去式
鍛鍊日語好身材

這一課讓我們來學習形容詞

的過去表現吧！

✦ 代表性形容詞的過去表現

いい
好的
↓
よかった
（過去式）好的

ない
沒有
↓
なかった
（過去式）沒有

おいしい
好吃的
↓
おいしかった
（過去式）好吃的

忙しい
忙碌的
↓
忙しかった
（過去式）忙碌的
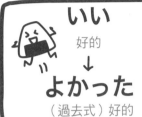

多い
多的
↓
多かった
（過去式）多的
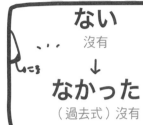

高い
高的；昂貴
↓
高かった
（過去式）高的；昂貴
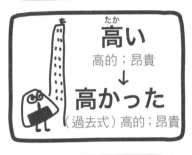

安い
便宜的
↓
安かった
（過去式）便宜的
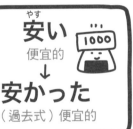

低い
低的；矮的
↓
低かった
（過去式）低的；矮的
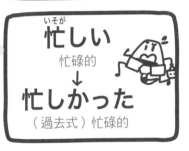

うれしい
開心的
↓
うれしかった
（過去式）開心的

まずい
難吃的
↓
まずかった
（過去式）難吃的

楽しい
快樂的
↓
楽しかった
（過去式）快樂的

うるさい
吵雜的
↓
うるさかった
（過去式）吵雜的

おかしい　　おかしかった
奇怪的　　→　　（過去式）奇怪的

形容詞的過去（肯定/否定）

　　以下學習形容詞過去式的肯定句、否定句，以及必須特別注意的いい（好）與ない（沒有）的過去式。即使同樣具有「形容」的功能，其變化與形容動詞完全不同。至於形容動詞如何變化，請回頭參考〈第六課〉與〈第八課〉喔。

→ 形容詞的過去式

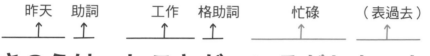

昨天	助詞	工作	格助詞	忙碌	（表過去）
↑	↑	↑	↑	↑	↑

きのうは　しごとが　いそがしかった。

> 　　～かった表示形容詞的過去式。想表達「（過去）好吃」時，必須說おいしかった。學習者有時候容易和形容動詞混淆，而說出おいしいでした，或是將形容動詞的過去式與形容詞的過去式混淆，例如將「（過去）乾淨」說成きれいかった。所以必須特別注意：形容動詞的過去式為～でした，而きれいでした才是正確的表現喔。

　　いそがしい（忙碌）→ いそがしかった（〔過去〕忙碌）：去掉字尾的い加上かった，即為形容詞的過去表現。
　　いそがしかったです（〔過去〕忙碌）：後面加上です即為敬體表現。

→ 形容詞的過去否定

昨天	助詞	工作	格助詞	忙碌	（表過去）
↑	↑	↑	↑	↑	↑

きのうは　しごとが　いそがしく　なかった。

　　いそがしくなかった（〔過去〕不忙）：首先忙しい的否定表現為忙しくない，過去否定表現使用ない的過去式なかった，變成忙しくなかった。同樣地，形容詞的否定表現為字尾去い加くなかった。
　　忙しくなかった與忙しくありません是相同表現（後者敬意較高）。
　　ない → なかった：ない（沒有）的過去否定為～なかった；～くない（不～）的過去否定為～くなかった。
　　いそがしくなかったです（〔過去〕不忙）：在語尾加上です，即為敬體表現。

→ いい＝よい的過去形

昨天	助詞		天氣	格助詞	好（過去常體）	

きのうは　てんきが　よかった。

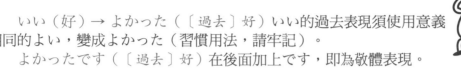

いい（好）→ よかった（〔過去〕好）いい的過去表現須使用意義相同的よい，變成よかった（習慣用法，請牢記）。
　　よかったです（〔過去〕好）在後面加上です，即為敬體表現。

→ いい＝よい的過去否定

昨天	助詞		天氣	格助詞	好	不（過去式常體）

きのうは　てんきが　よく　なかった。

よくなかった（〔過去〕不好）：よい（いい）的否定表現為よい→よくない，過去否定表現使用ない的過去式なかった，變成よくなかった。
　　よくなかったです（〔過去〕不好）：在後面加上です即為敬體表現。

不要因為是いい的過去式，就使用いい，說成いかった唷。

→ 形容詞的接續

昨天	助詞		天氣	格助詞	好（過去）	（逆接）

きのうは　てんきが　よかったですが、

有點		冷（過去）	是

ちょっと　さむかったです。

よかったですが、さむかったです（雖然好，但是很冷）：「雖然（過去）〜，但是（過去）〜」的表現為〜かったですが、〜かったです。

10_3

形容詞的過去式「かった」

　　以下內容為首度參與星際之旅的帥氣太空飛行員的訪談內容。透過關於星際之旅的問與答，讓我們仔細瞧瞧形容詞的過去表現吧。

1 星際之旅如何呢？
2 是的，非常有趣唷。
3 真的啊，沒有什麼辛苦的地方嗎？
4 嗯…上廁所最辛苦了。
5 啊，原來如此，因為是無重力嘛。
6 不過，有趣的事情比較多喲。
7 印象最深刻的是什麼呢？
8 嗯…從太空看地球非常漂亮呢。

1 宇宙旅行（うちゅうりょこう）は どう でしたか。

宇宙旅行(うちゅうりょこう) 星際之旅
うでしたか 如何呢？

2 ええ、とっても たのしかったですよ。

NEWS

ええ 是的
とっても 非常
たのしい 有趣
かったですよ 敬體過去

3 へー、何か 大変な ことは なかった ですか。

へー 是喔…（表示驚嘆或訝異）
何(なに)か 什麼
大変(たいへん)だ 辛苦
こと 事情
ない 沒有

今天沒有走完，明天就要用跑的喔。

そうですね 這樣啊
トイレ 廁所
一番(いち ばん) 最～

4 そうですね。トイレが
一番 大変でした。

5 あ、なるほど。無重力ですからね。

なるほど 原來如此 | 無重力(む じゅう りょく) 無重力 | から 因為、由於

6 でも、楽しい ことの ほうが
多かったですよ。

でも 但是、雖說如此 | ほう 方面、邊 | 多(おお)い 多

7 何が 一番の
思い出ですか。

8 そうですね。地球が
美しかった こと
ですね。

地球(ち きゅう) 地球
美(うつく)しい 漂亮

何(なに)か 什麼
思(おも)い出(で) 回憶、記憶

接下來說明なに與なん的分辨方法，以及「表示原因理由」的助詞から。

とっても

意思是「非常地」，是とても的強調說法。在日語中，常有像這樣放入っ以表示強調的用法。例如やはり（果然）變成やっぱり；でかい（大）變成でっかい。日本（にほん）的強調說法為にっぽん。

へー

感嘆、驚訝時，或是訝異、無可奈何時所發出的聲音，給人「啊～是喔；天啊；真的嗎」的感覺。

へー!!!

たのしい ことの ほうが 多かったですよ

直譯為「有趣的事情的方面很多喲」，表示「開心的事情比較多喲」。

たのしい ことの ほうが
多かったですよ。

何か

意思是「什麼」。表示「什麼」或「哪個」的疑問詞「何」，有なに與なん兩種讀音。分辨方法是「何」後面接〔d、t、n〕音開頭的單字時，讀作なん，其他則讀為なに。不過也有例外，詢問方法時讀為何で。不必勉強背起來，只要透過例句多加熟悉即可。

例

これは 何ですか。
這個是什麼？

日本には 何で 行くんですか。
為什麼前往日本？
（目的）

何が 好きですか。
喜歡什麼？

結婚式には 何と 何が 必要ですか。
結婚典禮需要準備什麼和什麼？

日本には 何で 行くんですか。
以什麼方法前往日本（搭乘什麼交通工具）？

なるほど

　意思是「啊，原來如此」，用於聽完對方的話後，表達自己也抱持相同看法時。

なるほど~

大変な こと
たいへん

　意思是「很累、辛苦的事情」，形容動詞修飾名詞時，去だ加な後再接名詞。大変だ有「辛苦」的意思，此外還有「不好了」的意思。

例

あ、地震だ。
大変だ。
じしん

啊，地震。不好了。

試験勉強は
大変だ。
し けんべんきょう

準備考試很辛苦。

何が 一番の 思い出ですか
なに　いちばん　おも　で

　何が意思是「什麼」，一番意思是「最、第一」。直譯為「什麼是最深刻的印象？」意思是「什麼事情令你印象最深刻？」。

無重力ですからね
む じゅうりょく

　意思是「因為是無重力吧」，から（因為、由於）表示原因或理由。

例

どうして 野球が 好きなの？
や きゅう　す

だって、おもしろいから。

因為很有趣。

你為什麼喜歡棒球？

プチ 東京觀光

哈多巴士 (はとバス)

　哈多巴士有導覽員親切的說明，載著遊客遊覽東京市中心或觀光景點。黃色的車身上寫有紅色的「HATO BUS」，最近也出現繪有Kitty貓等卡通人物、色彩繽紛的遊覽車。哈多巴士原本是設計給從鄉下到東京市區觀光的本國人使用，最近也提供給國外遊客遊覽市區之用。路線非常多元，相當適合計畫短期旅遊東京的遊客。はと日語的意思是「鴿子」。

要努力才會有好結果喔！

1. 依照例句替換練習

例 おいしい 好吃 → おいしかった （過去）好吃 おいしく なかった （過去）不好吃

① 美しい 美麗 → ＿＿＿＿＿＿＿＿＿＿＿＿＿＿＿　＿＿＿＿＿＿＿＿＿＿＿＿＿＿＿

② いい 好 → ＿＿＿＿＿＿＿＿＿＿＿＿＿＿＿　＿＿＿＿＿＿＿＿＿＿＿＿＿＿＿

③ たのしい 快樂 → ＿＿＿＿＿＿＿＿＿＿＿＿＿＿＿　＿＿＿＿＿＿＿＿＿＿＿＿＿＿＿

④ かなしい 悲傷 → ＿＿＿＿＿＿＿＿＿＿＿＿＿＿＿　＿＿＿＿＿＿＿＿＿＿＿＿＿＿＿

⑤ かわいい 可愛 → ＿＿＿＿＿＿＿＿＿＿＿＿＿＿＿　＿＿＿＿＿＿＿＿＿＿＿＿＿＿＿

2. 依照例句替換練習

例 旅行 旅行 / たのしい 快樂 → 旅行は どうでしたか。 旅行如何？
　　　　　　　　　　　　　 たのしかったです。 很好玩。

① 映画 電影 / おもしろい 有趣 → ＿＿＿＿＿＿＿＿＿＿＿＿＿＿＿＿＿＿＿＿＿

　　　　　　　　　　　　　　　 ＿＿＿＿＿＿＿＿＿＿＿＿＿＿＿＿＿＿＿＿＿

② 天気 天氣 / いい 好 → ＿＿＿＿＿＿＿＿＿＿＿＿＿＿＿＿＿＿＿＿＿

　　　　　　　　　　　　 ＿＿＿＿＿＿＿＿＿＿＿＿＿＿＿＿＿＿＿＿＿

③ 試験 考試 / むずかしい 困難 → ＿＿＿＿＿＿＿＿＿＿＿＿＿＿＿＿＿＿＿＿＿

　　　　　　　　　　　　　　　　 ＿＿＿＿＿＿＿＿＿＿＿＿＿＿＿＿＿＿＿＿＿

3. 依照例句替換練習

例 料理（料理）/ 高い（貴）/ おいしい（好吃）

→ 料理は 高かったですが おいしかったです。料理雖然貴，但很好吃。

① 遊園地（遊樂園）/ 人が 多い（人潮多）/ たのしい（快樂）

→ _____

② 旅行（旅行）/ 天気が よくない（天氣不好）/ とても いい（非常棒）

→ _____

③ 旅館（旅館）/ 料金が 高い（費用昂貴）/ 料理が おいしい（料理美味）

→ _____

解答
1–❶ 美しかった 美しくなかった 1–❷ よかった よくなかった 1–❸ たのしかった たのしくなかった
1–❹ かなしかった かなしくなかった 1–❺ かわいかった かわいくなかった
2–❶ 映画は どうでしたか。 おもしろかったです。 2–❷ 天気は どうでしたか。よかったです。
2–❸ 試験は どうでしたか。むずかしかったです。
3–❶ 遊園地は 人が 多かったですが たのしかったです。 3–❷ 旅行は 天気が よくなかったですがとても よかったです。
3–❸ 旅館は 料金が 高かったですが 料理が おいしかったです。

プチ 日本常識 用餐也有文化差異

　　日本人在用餐時與台灣人相似，會將碗舉起來，用筷子吃。不只是喝湯，當湯裡還有殘餘的食物時，也會以碗就口，利用筷子推出剩餘的食物加以食用。湯匙則視為吃拉麵或喝湯時使用的食器。放筷子的方法也可以看出國情的不同，台灣通常是將筷子直放在飯碗旁，而日本將筷子橫放在飯碗上。最後，在食用烏龍麵或拉麵時等不同種類的麵食時，也可以看出差異。日本人吃麵時，會盡可能吸吮麵條發出「簌簌」的聲音，認為這是讓食物更好吃的表現。

請務必記住形容詞的過去式必須去い加かった，過去否定去い加くなかった。

● 形容詞

好	（過去常體）好	（過去敬體）好	（過去常體）不好	（過去敬體）不好
よい	よかった	よかったです	よくなかった	よくなかったです
沒有	（過去常體）沒有	（過去敬體）沒有	（過去常體）有	（過去敬體）有
ない	なかった	なかったです	あった	あったんです ありました
好吃	（過去常體）好吃	（過去敬體）好吃	（過去常體）不好吃	（過去敬體）不好吃
おいしい	おいしかった	おいしかったです	おいしくなかった	おいしくなかったです
便宜	（過去常體）便宜	（過去敬體）便宜	（過去常體）不便宜	（過去敬體）不便宜
安<ruby>い<rt>やす</rt></ruby>	安かった	安かったです	安くなかった	安くなかったです
快樂	（過去常體）快樂	（過去敬體）快樂	（過去常體）不快樂	（過去敬體）不快樂
たのしい	たのしかった	たのしかったです	たのしくなかった	たのしくなかったです

● 呼喊時這麼說

ほら	看吧、你看、看這個
ねえ	我說啊
おい	喂
もしもし	（電話用語）喂
すみません	（搭話時）不好意思

もしもし

● 回答時這麼說

はい	是
ええ	是的
いいえ	不是
うん	嗯
ううん	不是

はい!

● 欲言又止時這麼說

あのう	那個…
ええっと	嗯…、啊…
さあ	那麼

あのう...

● 訝異時這麼說

あ	啊
ああ	啊啊
あっ	啊
えっ	喔、欸
わあ	（驚訝或驚喜時）哇～
まあ	唉唷、天啊、真的啊（多為女性使用）
きゃー	（女生害怕時）嗚啊
げー	（男生害怕時）嗚啊

まあ!!

● 感到奇怪時這麼說

あれ	奇怪、咦？
あら	唔、哎呀
えっ？	咦？
へ～	
へぇ～	欸～、奇怪耶～
はあ	什麼？天啊～
ええ？	（高度懷疑時）什麼鬼啊？

ええ？

七夕 七夕（7月15日）

七夕的日語稱為七夕，其由來據說是在農曆七月十五日晚上的お盆祭り之前，習慣以機（織布機）織好衣服，放在棚（架子）上，獻給從黃泉來到人間的祖先穿。這裡出現的詞語就是たな（棚）和ばた（機）。每到這天，孩子們會準備纖細的笹（竹葉）與短冊（短箋），將自己的願望寫在紙上，將之綁在竹葉上。

梅雨 梅雨（6月）

每到六月中旬，梅雨季節便展開序幕。梅雨季相當於農曆的五月，因此也稱為五月雨。由此衍生出的詞彙當中，有一個稱為五月雨式，這個詞表示某件事情將斷斷續續持續進行，就像梅雨季節不停降下的雨一樣。

單字 梅雨に入る 梅雨季開始 → 也可省略為 梅雨入り

梅雨が明ける 梅雨季結束 → 也可省略為 梅雨明け

お盆（ぼん）盂蘭盆節（通常在國曆8月15日）

　　類似中國中秋節的お盆（ぼん），據説源於名為《盂蘭盆經》的佛教經典，不過お盆絕大多數的活動為日本特有，並非與佛教有關的儀式，只要將お盆視為比中秋節要早一個月的活動即可。在お盆期間，有的地區也會舉辦迎接靈魂與送走靈魂的儀式。迎接靈魂時，在家門口點上迎え火（むかえび）以迎接祖先；在お盆結束後，舉行將祖先靈魂送回黃泉的活動，也就是將燈籠點上火後，放流溪水的灯籠流（とうろうなが）し。這時為了撫慰這些靈魂而跳舞，這個舞蹈就稱為盆踊（ぼんおど）り。

花火（はなび）煙火 祭（まつり）慶典

　　説到夏天，總讓人想起在日本全國各地舉辦的花火、燒得滋滋作響的線香花火（せん）香花火（こうはなび）、夏天穿的和服浴衣（ゆかた），還有只要穿上浴衣，手中一定會拿著的うちわ（扇子）、夏休（なつやす）み（暑假）、還有各式慶典。

　　通常每到慶典當晚，女生就會穿上浴衣，逛逛路邊櫛比鱗次的出店（でみせ）（路邊攤）。路邊攤賣的食物有在台灣稱為章魚燒的たこ焼（や）き、やきそば（炒麵）、焼（や）きとり（雞肉串燒），此外還有わたがし（棉花糖）或かきごおり（刨冰）等食物。

11

以數詞與量詞鍛
鍊日語好身材

いくらですか 多少錢 ？

～をください 請給我～。

讓我們來學習數字、金額

的問答表現，以及計算物

品時所使用的詞彙吧。

念出日語的價格時，必須特別注意發音，例如五千元的發音不是「go sen en」，而是接近於「go sen eng」；八百元不是「ha bba kyu」或「ha bba ku」，而是「ha bbya ku」；六百元不是「ro bba ku」或「ro bba kyu」，而是「ro bbya ku」喔。

✦ 円 (えん) 日幣

いちえん 一元	**ごえん** 五元	**じゅうえん** 十元
ごじゅうえん 五十元		**ひゃくえん** 一百元
ごひゃくえん 五百元		**せんえん** 一千元
にせんえん 兩千元		**ごせんえん** 五千元
いちまんえん 一萬元		**じゅうまんえん** 十萬元
ひゃくまんえん 一百萬元	**いっせんまんえん** 一千萬元	**いちおくえん** 一億元

✦ 購物時的基本用語

いくら 多少	**〜ください** 請給我〜

11_2

✦ 點餐與結帳

以下來學習詢問價格與點餐的方法，以及計算物品時使用的表現吧。

→ 詢問價格時

```
   多少錢     敬體疑問
  ┌──┐↑  ┌──┐↑
  ────    ────
```

いくらですか。

いくらですか（多少錢？）：詢問價格時的固定句型。

→ 點餐時

```
     漢堡          和          可樂  格助詞        請給我
 ┌────────┐↑   ↑    ┌────┐↑ ↑      ┌────┐↑
 ──────────    ─    ──────  ─      ──────
```

ハンバーガーと　コーラを　ください。

〜を　ください（請給我〜）向對方要求某個東西時所使用的表現。
〜を　くださいませんか（可以給我〜嗎？）：〜を　ください的敬體表現。

→ 計算「〜個、〜次、〜個月、〜個星期」的方法

```
   蘋果        一    個       請給我
  ┌──┐↑    ↑    ↑    ┌──┐↑
  ────    ─    ─    ────
```

りんご　いっこ　ください。

〜個（〜個）用於計算蘋果、椅子等事物。一個（いっこ）、兩個（にこ）、三個（さんこ）、四個（よんこ）、五個（ごこ）、六個（ろっこ）、七個（ななこ）、八個（はっこ）、九個（きゅうこ）、十個（じゅっこ）、幾個（なんこ）。
〜回（〜次）〜ヶ月（〜個月）〜週間（〜星期）的計算方法與「個」相同。

→ 計算「～枝、～杯、～頭」的方法

這	原子筆	一	枝	多少錢？	敬體疑問

この　ボールペン　いっぽん　いくら　ですか。

　　～本（枝、根）用於計算長條狀物品、細長棍棒狀物品。一枝（いっぽん）、兩枝（にほん）、三枝（さんぼん）、四枝（よんほん）、五枝（ごほん）、六枝（ろっぽん）、七枝（ななほん）、八枝（はっぽん）、九枝（きゅうほん）、十枝（じゅっぽん）、幾枝（なんぼん）。
　　杯（～杯）～匹（～頭、隻〔動物〕）的計算方法與「本」相同。

→ 計算「～張、～台、～隻、～人、～年、～小時、～遍」的方法

車票	一	張	請給我

チケット　いちまい　ください。

　　～枚（～張）用於計算紙張、盤子、照片、郵票、折疊好的衣服等扁平狀物品。一張（いちまい）、兩張（にまい）、三張（さんまい）、四張（よんまい）、五張（ごまい）、六張（ろくまい）、七張（ななまい）、八張（はちまい）、九張（きゅうまい）、十張（じゅうまい）、幾張（なんまい）。
　　～台（～台）、～羽（～隻〔鳥類〕）、～人（～人）、～年（～年）、～時間（～小時）、～度（～遍）的計算方法與「枚」相同。

→ 計算「～本、～歲、～雙、～艘、～件」的方法

這	書	一	本	請給我

この　ほん　いっさつ　ください。

　　～冊（～本）用於計算書本、字典、筆記本。一本（いっさつ）、兩本（にさつ）、三本（さんさつ）、四本（よんさつ）、五本（ごさつ）、六本（ろくさつ）、七本（ななさつ）、八本（はっさつ）、九本（きゅうさつ）、十本（じゅっさつ）、幾本（なんさつ）。
　　～歲（～歲〔年齡〕）、～足（～雙〔鞋子〕）、～隻（～艘〔船〕）、～着（～件〔衣服〕）的計算方法與「冊」相同。

11_3

✿ 各付各的

以下會話可以感受到日本「各付各」買單的文化。
順便一起掌握計算時使用的表現，以及計算一杯、
兩杯等杯數的表現。

1 不好意思，麻煩結帳。
2 總共多少錢？
3 總共4,250日圓。
4 嗯，那麼，各付各的一個人
　850日圓唷。
5 咦？前輩，我只喝一杯
　咖啡耶！
6 什麼？這傢伙，太小氣了吧。
7 ??

1 **すみません。お勘定おねがいします。**

すみません 不好意思｜お勘定(かんじょう) 結帳；買單
おねがいします 麻煩你

2 **全部で いくらですか。**

全部(ぜんぶ) 總共
いくらですか 多少錢

→

3 **全部で、4,250円です。**

4,250円(よん せん に ひゃく ご じゅう えん)
4,250日圓

今天沒有走完，明天就要用跑的喔。

4 えっと、じゃあ、割勘（わりかん）でひとり ８５０円（えん）ずつだね。

えっと 嗯（思考時發出的聲音）
じゃあ 那麼
割勘(わりかん) 各付各的 ┃ ひとり 一個人
８５０円（はっ びゃく ご じゅう えん）
ずつ 每個（接在表示數量的詞後）┃ だね 唷

先輩(せんぱい) 前輩
ぼく 我（男性用語）
コーヒー 咖啡
一杯(いっぱい) 一杯
だけ 只有
ですよ 耶（敬體）

5 えっ！先輩（せんぱい）、ぼくコーヒー 一杯（いっぱい）だけですよ。

6 なんだよ。おまえ、せこいな。

7 ??

なんだよ 什麼？┃ おまえ 你
せこい 吝嗇、小氣、不大方
な 〜吧、呀

＜敬體表現＞
4 えっと、じゃあ、割勘で
　ひとり ８５０円ずつです。

以語彙、文化鍛鍊肌肉

以下學習各付各的文化背景與計算人數時的量詞，並介紹能夠便宜買書或漫畫的地方。

すみません。お<ruby>勘定<rt>かんじょう</rt></ruby> おねがいします

意思是「不好意思，麻煩結帳。」像這樣顧客呼叫店員時，也可以使用すみません（抱歉）。與お勘定意思相同的還有お<ruby>愛想<rt>あいそ</rt></ruby>、<ruby>計算<rt>けいさん</rt></ruby>。日本人基本上不喜歡給人添麻煩。因為不想要欠對方錢，所以自己吃的東西自己付錢的「各付各」的習慣，便普及於日常生活中。如果沒有特別原因，單純朋友間吃飯時，大部分都是各付各的。

ひとり ８５０<ruby>円<rt>えん</rt></ruby>ずつだね

意思是「一個人850日圓」，要說中文的「一個人多少錢」時，數詞後面不使用助詞～で。

例 この ノートは <ruby>一冊<rt>いっさつ</rt></ruby> ５００円です。
這個筆記本一本500日圓。
この りんごは ひとつ １,５００円です。
這個蘋果一顆1,500日圓。

<ruby>全部<rt>ぜんぶ</rt></ruby>で いくらですか

意思是「全部，亦即總共多少錢？」格助詞～で與表示「數量、價格、時間」等詞彙一起使用，表示合計或某個限度。

<ruby>割勘<rt>わりかん</rt></ruby>

意思是「各付各的、分開算」，是從將<ruby>勘定<rt>かんじょう</rt></ruby>（金額）依人數<ruby>割<rt>わ</rt></ruby>る的意思衍伸而來。相反就是おごり（我請客）。

例

> 今日は <ruby>私<rt>わたし</rt></ruby>の おごりです。
>
> 今天我請客。

〈計算人數的量詞〉

ひとり 一人
一個人

ふたり 二人
兩個人

さんにん 三人
三個人

よにん 四人
四個人

ごにん 五人
五個人

ろくにん 六人
六個人

しちにん 七人 七個人

はちにん 八人
八個人

きゅうにん 九人
九個人

じゅうにん 十人 十個人

(なんにん 何人
幾個人)

えっ！先輩、ぼく コーヒー 一杯だけですよ

　　直譯為「咦！學長，我只是一杯咖啡而已。」意譯為「咦！學長，我只喝一杯咖啡耶！」～だけ有「只有～、只是～」的意思，後面接肯定句。意義相同的～しか，後面則要接否定句。

えっ！先輩、わたし コーヒー 一杯だけですよ
~*^^*;;;

例　学生は わたしだけです。　　　學生只有我一個。
　　学生は わたししか いなかった。學生只有我，沒有別人。

せこいな

　　意思是「太小氣了吧？」せこい有「吝嗇、小氣、小器、不大方、肚量小」的意思。～な帶有些微的感嘆語氣，是用於向對方表達自己的想法，並接續話題的助詞。一般為男性使用，可解釋為「就說～、我說～」等。此外，せこい與けちくさい的意思相同。

例

タクシー代を 値切るなんて 本当に せこいな。

計程車錢也殺價，真的是太小氣了。

好きな ものも 買わないなんて せこいな。

喜歡的東西也不買，未免太小氣了吧！

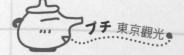

プチ 東京觀光　動漫專賣店（まんだらけ）與 二手書店BOOK OFF

MANDARAKE MA

　　大到收藏超過一百多萬本的漫畫，各種動畫DVD、海報、動漫人物商品模型應有盡有，只要是和動漫有關的東西，全都可以買到的地方，就是動漫專賣店(まんだらけ)。另外還有宣傳詞為**捨てない人のブックオフ**（捨不得丟掉的人的BOOK OFF）的二手書店，這裡有書、雜誌CD，還有DVD、漫畫、遊戲軟體、遊戲機等，作為賣家與買家交流的平台。走一趟澀谷，可以同時享有探訪動漫專賣店與BOOK OFF的驚喜。喜歡動漫和二手書的人，現在立刻就到澀谷尋寶去吧。

以解題練習消除贅肉

要努力才會有好結果喔！

1. 仿照範例，看圖寫出正確的單字與量詞

例 →ボールペン いっぽん 原子筆一枝

① → _____

② → _____

③ → _____

④ → _____

⑤ → _____

2. 仿照範例，以平假名寫出單位與金額

例 150円(えん)→ひゃくごじゅうえん

① 780円→ _____

② 1,240円→ _____

③ 3,577円→ _____

④ 65,390円→ _____

3. 以平假名將指定的單字念法寫在空格中

① すいか 一つ いくらですか。西瓜一顆多少錢？(８５０円)

→ すいかは 一つ _____ です。 西瓜一顆850日圓。

② 消しゴム ２個と 鉛筆 ５本 ください。いくらですか。(640円)

請給我兩個橡皮擦和五枝鉛筆。多少錢？

→ 全部で _____ です。 總共640日圓。

③ コーヒーと 紅茶、おねがいします。麻煩咖啡和紅茶。(一杯)

→ コーヒーと 紅茶、_____ ずつですね。

咖啡和紅茶各一杯是吧？

解答

1-❶ りんごごこ　1-❷ ふくにちゃく　1-❸ いぬさんびき　1-❹ くつにそく　1-❺ テレビ いちだい

2-❶ ななひゃくはちじゅうえん　2-❷ せんにひゃくよんじゅうえん　2-❸ さんぜんごひゃくななじゅうななえん

2-❹ ろくまんごせんさんびゃくきゅうじゅうえん

3-❶ はっぴゃくごじゅうえん　3-❷ ろっぴゃくよんじゅうえん　3-❸ いっぱい

プチ 日本常識　吃到飽（食べ放題）

　　走在日本街頭，必定會看見寫著**食べ放題**的招牌，指的就是能夠隨心所欲、想吃就吃的「吃到飽」。**放題**如果接在動詞或形容詞後面，就含有一種「隨心所欲、無限制的」的意義。**飲み放題**意思是只要支付一定的金額，飲料跟酒就能無限續杯；**乗り放題**則是指「自由乘車券」。

以所學文法做收操運動

日本人不會因為外國人把いっこ說成いちこ而嘲笑他的。
請先記住幾個必備的量詞。遇到有不清楚的地方，只要詢問過當
地人再說就行了。
用這種輕鬆的心情唸唸看以下的內容吧。

● 量詞

～個	一個	兩個	三個	四個	五個	六個	七個	八個	九個	十個
～個こ	いっこ	にこ	さんこ	よんこ	ごこ	ろっこ	ななこ	はっこ	きゅうこ	じゅっこ

～回かい ～次；～ヶ月かげつ ～個月；～週間しゅうかん ～星期

～枝 ～根	一枝	兩枝	三枝	四枝	五枝	六枝	七枝	八枝	九枝	十枝
～本ほん	いっぽん	にほん	さんぼん	よんほん	ごほん	ろっぽん	ななほん	はっぽん	きゅうほん	じゅっぽん

～杯はい ～杯；～匹ひき ～頭、隻（動物）

～張	一張	兩張	三張	四張	五張	六張	七張	八張	九張	十張
～枚	いちまい	にまい	さんまい	よんまい	ごまい	ろくまい	ななまい	はちまい	きゅうまい	じゅうまい

～台だい ～台；～羽わ ～隻（鳥類）；～人にん ～人；～年ねん ～年；～時間じかん ～小時；～度ど ～遍

～本	一本	兩本	三本	四本	五本	六本	七本	八本	九本	十本
～冊さつ	いっさつ	にさつ	さんさつ	よんさつ	ごさつ	ろくさつ	ななさつ	はっさつ	きゅうさつ	じゅっさつ

～歳さい ～歲；～足そく ～雙（鞋子）；～隻せき ～艘（船）；～着ちゃく ～件（衣服）

編註　當衣服是像襯衫那樣，一件件折好成四四方方擺著（賣）時，因這時是扁平狀，故計算單位為
「～枚」；當整件攤開後，計算單位為「～着」。

11_6

● 你住在幾樓呢？

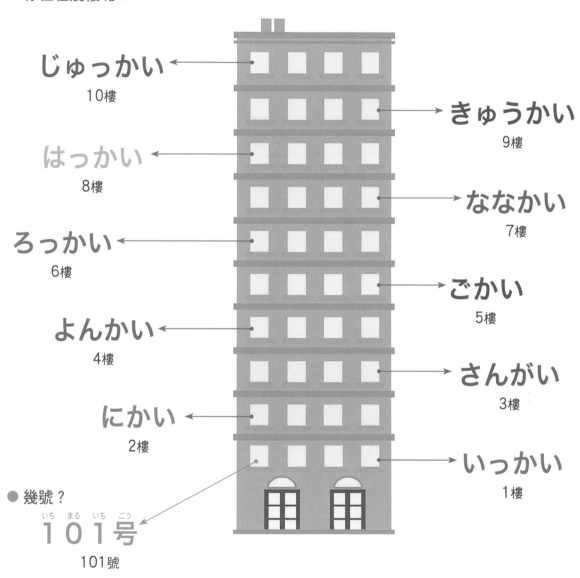

じゅっかい
10樓

きゅうかい
9樓

はっかい
8樓

ななかい
7樓

ろっかい
6樓

ごかい
5樓

よんかい
4樓

さんがい
3樓

にかい
2樓

いっかい
1樓

● 幾號？

101号
いち まる いち ごう
101號

12

以 動 詞 い ま す

• あ り ま す

鍛 鍊 日 語 好 身 材

咦？日文的「有」有兩種？

在中文裡，不管是人還是動

物，不管是鬼神還是物品，

全部通用「有」，但是日文

有兩種「有」喔。

12_1

★ います 有

犬 _{いぬ} 狗
→ 犬が います。

すずめ 麻雀
→ すずめが います。

おばけ 鬼、幽靈
→ おばけが います。

おに 長角的日本妖怪
→ おにが います。

[編註] おにの漢字是「鬼」，所以初學時常常容易誤以為中文說的「鬼」是おに，但這是錯的，おばけ才正確。

先生 _{せんせい} 老師
→ 先生が います。

★ あります 有

花 _{はな} 花
→ 花が あります。

えんぴつ 鉛筆
→ えんぴつが あります。

ミイラ 木乃伊
→ ミイラが あります。

したい 屍體
→ したいが あります。

ロボット（機器人）是 あります？います？

プチ單字常識

　　因為中文全部使用同樣的「有」，所以あります和います的區別相當困難。即使已瞭解兩者的差異，臨時要使用時，仍有可能把あります套用在人身上。真沒辦法～只能從錯誤中學習。

　　請特別注意，機器人並非以自己的意志動作，所以大部分使用あります。但是像魔鬼終結者這類以自我意志行動的機器人，則必須使用います才正確。

12_2

✦ **います、あります**（肯定/否定/疑問）

　　在中文裡雖然都是「有」，但是日語根據「是否能夠按照自己的意志行動」而有所區別。不管是動物、人、鬼等，只要能自己活動的，就用います；植物或物品等無法自己活動的，則用あります。

➜ **あります的現在式**

冰箱	（的）	裡面	在	啤酒	格助詞	有
↑	↑	↑	↑	↑	↑	↑

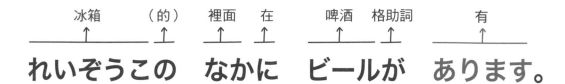

れいぞうこの　なかに　ビールが　あります。

　　あります（有）：用在植物或物品等無法靠自主意識活動的情況時。
　　ある（有）ある的敬體表現為あります。

➜ **います的現在式**

床	（的）	下面	在	貓	格助詞	有
↑	↑	↑	↑	↑	↑	↑

ベッドの　したに　ねこ　が　います。

　　います（有）：用在動物或人等可以自己活動的情況時。
　　いる（有）いる的敬體表現為います。

ベッドの　したに　ねこが　います。

床底下有貓!!

→ あります・います的疑問形

車	（的）	裡面	在	人	格助詞	有嗎？
↑	↑	↑	↑	↑	↑	↑

くるまの　なかに　ひと　が　いますか。

　　いますか（有嗎？）：います的疑問句為いますか，回答為はい、います（是，有），或是いいえ、いません（不，沒有）。
　　ありますか（有嗎？）：あります的疑問句也與います相同，為ありますか，回答為はい、あります（是，有），或是いいえ、ありません（不，沒有）。

→ あります的否定

錢包	（的）	裡面	在	錢	格助詞	一日圓	也	沒有
↑	↑	↑	↑	↑	↑	↑	↑	↑

さいふの　なかに　おかねが　いちえんも　ありません。

　　ありません（沒有）あります的否定為ありません。
　　〜も（〜也）。
例　わたしも　そうです。我也是（這樣的）。

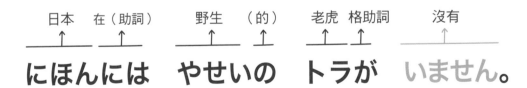

中文的「我連一塊錢也沒有」，日語就是「お金（かね）が 一銭（いっせん）もありません」。

→ います的否定形

日本	在（助詞）	野生	（的）	老虎	格助詞	沒有
↑	↑	↑	↑	↑	↑	↑

にほんには　やせいの　トラが　いません。

　　いません（沒有）：います的否定為いません。
　　いませんか（沒有嗎？）、ありませんか（沒有嗎？）：いません與ありません的後面接か，變成否定疑問句。

12_3

✦ 分辨います、あります

　　「有」還分為有生命和無生命，這是在中文裡所沒有的表現，います、あります真讓人頭昏眼花啊！
　　植物或物品等無法靠自我意識活動的，使用あります！動物、人等能夠靠自我意識活動的，就用います！這個規則一定要記住喔。

1 聽說這間房子裡從以前就有屍體。
2 天啊，真的嗎？那麼，有鬼嗎？
3 也許吧。
4 不會吧！

1 この 家(いえ)には 昔(むかし)から 死体(したい)が あるんだって。

この 這｜家(いえ) 房子｜〜には 在〜｜昔(むかし) 以前
〜から 從〜｜死体(したい) 屍體｜が 格助詞｜ある 有
（無法靠自我意識活動的情況）｜〜んだって 〜聽說

＜敬體表現＞

1 この 家には 昔から 死体が あるんですって。
2 えっ、本当ですか? じゃあ、おばけが いるんですか?
3 そうかも 知(し)れません。 4 うそでしょ!

今天沒有走完，明天就要用跑的喔。

2 えっ、ホント？ じゃあ、おばけが いるの？

えっ 咦（訝異）
ホント？ 真的？〔強調本当(ほんとう)的用語〕
じゃあ 那麼｜おばけ 鬼
いる 有（用於無法自己活動的情況時）｜～の ～嗎？

3 かもね。

4 うそ！

かもね 也許喔

うそ 不會吧（驚訝的語氣）

以語彙、文化鍛鍊肌肉

到底是哪一種「には」呢？在日本也有利用諧音雙關語的冷笑話。

無聊的時候，開玩笑是最好的娛樂了。在網路上搜尋看看一些有趣的「諧音笑話」吧！

には

意思是「在～」，は用來強調前面的に。

＜請仔細思考是哪一種には喔！＞

うらにわ には にわ にわとり が いる。

後院有兩隻雞。

提示！

うらにわ 後院｜二羽 兩隻｜にわとり 雞

から

意思是「從～開始、從～起」，表示動作或作用的起點。在日劇《空から降る一億の星（從天而降億萬顆星星）》中，空から的から也是同樣的意思。

例

今日から ダイエットだ。今天起開始減肥。

＜動物的小孩該如何稱呼？＞

雖然像雞（にわとり）與小雞（ひよこ）、青蛙（かえる）與蝌蚪（おたまじゃくし）父母與小孩的稱呼完全不同，不過多數動物的小孩只要在動物名稱的前面加上こ即可。例如：貓（ねこ）的小孩是こねこ（小貓）、狗（いぬ）的小孩是こいぬ（小狗）、豬（ぶた）的小孩是こぶた（小豬）、牛（うし）的小孩是こうし（小牛）、熊（くま）的小孩是こぐま（小熊），都是在動物的單字前面加上こ。

あるんだって

雖然屍體是人，但是並不會活動，所以使用ある，而非いる。

～んだって的意思是「聽說～、據說～」，主要使用於會話中。名詞或形容動詞使用～なんだって，形容詞或動詞使用～んだって。

例

酒井さんは 独身なんだって。

聽說酒井先生單身。

あの人、日本では有名なんだって。

聽說那個人在日本很有名。

あの映画おもしろいんだって。

聽說那部電影很有趣。

ジョンさん 日本に行くんだって。

聽說約翰先生要去日本。

じゃあ、おばけが いるの？

意思是「那麼，有鬼嗎？」いるの？是由「いる（有）」加上「～の？」所組成，為いるんですか（有嗎？）的口語體。至於這裡使用いる，是因為鬼雖然已經死亡，但是仍可以自行活動。如果不是鬼，而是木乃伊或屍體，就無法自行活動，因此使用ある才是正確的。

ほんと？

意思是「真的嗎？」並非因為不相信對方，而是為了讓對話更順利進行，像口頭禪般脫口而出的話。這句話後面通常接上有「說謊（亂講）」意思的「うそ」，或是有「真的嗎？」意思的「まじ」。

かもね

意思是「也許」，～かも是～かもしれない、～かもわからない（也許會～）的省略。雖然語氣不確定，但是可以視為有這樣的可能性。ね用於尋求對方的認同。

例

プチ 東京觀光

現代妖怪—裂嘴女（口裂け女）

裂嘴女這個故事是在1979年春夏之間流傳至日本各地。

故事是臉上戴著口罩的年輕女子，會在校門口抓住準備返家的孩子，問他們「我漂亮嗎？（わたし、きれい？）」如果孩子回答漂亮（きれい），女子就會脫下口罩，再問一次「……這樣也漂亮嗎？（……これでも……？）」女子的嘴巴裂到耳邊。如果回答不漂亮（きれいじゃない），就立刻把孩子殺掉；但若說漂亮（きれい）的話，裂嘴女就會回答：「我也會讓你變得漂亮」，並且把孩子的嘴巴撕裂。哎呀，雖然這只是故事，不過內容卻這麼恐怖。也許，這當中隱藏著「希望孩子放學後別在外逗留，快點回家」的意思吧。

要努力才會有好結果喔！

1. 依照例句替換練習

例 机 書桌 / うえ 上面 / ノート 筆記本

→ 机の 上に ノートが あります。(います/あります) 書桌上有筆記本。

① かばん 皮包 / 中 裡面 / さいふ 錢包

→ _____

② ソファー 沙發 / 下 下面 / ねこ 貓

→ _____

③ テーブル 桌子 / 横 旁邊 / ソファー 沙發

→ _____

2. 將正確的單字填入括弧內

① 部屋の 中に (　　　　　) かいますか。房間裡面有（誰）？

→ いいえ、誰も いません。不，一個人也沒有。

② デパートは (　　　　　) に ありますか。百貨公司在（哪裡）？

→ デパートは 駅の 前に あります。百貨公司在車站前面。

③ 週末に 何か 用事が ありますか。週末有什麼事情嗎？

→ いいえ、(　　　　　) ありません。不，（什麼事也）沒有。

3. 看圖回答問題

①テレビは どこに ありますか。 電視在哪裡？

→ _____

②テーブルの 上に 何が ありますか。 桌子上有什麼？

→ _____

③ベットの 下に 何が いますか。 床下有什麼？

→ _____

解答
1-❶ かばんの 中に さいふが あります。 1-❷ ソファーの 下に ねこが います。 1-❸ テーブルの 横に ソファーが あります。
2-❶ 誰 2-❷ どこ 2-❸ 何も
3-❶ 冷蔵庫の 横に あります。 3-❷ かばんが あります。 3-❸ ねこが います。

プチ 日本常識 日劇中的拍攝概念

在韓劇中，經常可以看見以豪宅為背景而拍攝的主題，不過日劇中若以豪宅為背景，有可能被人說「脫離現實」。因此，日本以一般家庭為背景的連續劇較為普遍。另外，即使劇情與三角戀情有關，韓劇通常是兩個男生共同追求一個女生；日劇則通常是兩個女生追求一個男生。也許因為如此，日本歐巴桑才會這麼喜愛韓劇吧。

以所學文法做收操運動

あります和います，現在稍微能夠區分了吧？
請將重點放在「是否能以自己的意志自由活動」，看看以下
的總整理加以複習吧。

● 使用 あります・います 的對象

狗	犬が 外に います。	狗在外面。
麻雀	電線の 上に すずめが います。	電線上有麻雀。
貓	机の 下に ねこが います。	書桌下有貓。
鬼	となりに おばけが います。	旁邊有鬼。
老師	先生が 教室に います。	老師在教室裡。
花	小さな 花が あります。	有小花。
鉛筆	ふでばこに えんぴつが あります。	筆筒裡有鉛筆。
屍體	路上に 死体が あります。	路上有屍體。
木乃伊	魚の ミイラも あります。	也有魚木乃伊。
機器人	便利な ロボットが たくさん あります。	有很多方便的機器人。

● あります・います 的活用

有（常體）	有（敬體）	有嗎？（敬體疑問）	沒有（敬體否定）	沒有嗎？（敬體疑問）
いる	います	いますか	いません	いませんか
ある	あります	ありますか	ありません	ありませんか

● 動物名字

いぬ
狗

ぶた
豬

ねこ
貓

うし
牛

にわとり
雞

ひよこ
小雞

ねずみ
老鼠

● 動物的叫聲日文怎麼說？

ワンワン
汪汪

ニャーオ
喵喵

モーモー
哞哞

ブーブー
ㄍㄨˊ ㄍㄨˊ

コケコッコー
咕ㄍㄟ咕

ピヨピヨ
啾啾

チューチュー
嘰嘰

13

以動詞鍛鍊日語好身材

以下將學習讓日語的使

用變得更豐富的動詞。

以拼音表記日語動詞的

發音的話，會發現後面

都有以〔u〕結尾的音。

13_1

★ 代表性動詞

いる 有
→ います 有

ある 有
→ あります 有

見る 看
→ 見ます 看

食べる 吃
→ 食べます 吃

寝る 就寢
→ 寝ます 就寢

着る 穿
→ 着ます 穿

会う 見面
→ 会います 見面

行く 去
→ 行きます 去

読む 讀
→ 読みます 讀

する 做
→ します 做

来る 來
→ 来ます 來

来る 來

プチ單字常識

日語的来る使用「來」的簡字，讀作来る。
如果用非簡字的來寫成來る，就變成錯誤的日語。
另外，来る的ます形為来ます（來）、敬體否定形為来ません（不來），
漢字雖然一樣，但是讀音不同，要特別記住喔。

以基礎文法降低體脂肪

✦ 以動詞造句（肯定/否定/過去/過去否定）

　　就像名詞或形容詞接です，便成為敬體表現一樣，要讓動詞成為敬體表現時，後面接ます即可，這就稱為ます形。ます也可用於「現在式」或「不久的未來式」。ます的疑問句為ますか，否定句為ません，過去為ました，過去否定為ませんでした。

→ 動詞的種類

　　日語動詞分為三種：
- 第一類動詞：結尾為羅馬音〔u〕音的動詞。例 あう（見面）、いく（去）
- 第二類動詞：結尾為る，る前接羅馬音〔i〕〔e〕音的動詞。例 きる（穿）、たべる（吃）
- 第三類動詞：不規則變格動詞。例 する（做）、くる（來）

> 將動詞換成ます形的方法很簡單喔。
> - 第一類動詞：將〔u〕・音換成〔i〕音後加ます。例 あう→あいます｜いく→いきます
> - 第二類動詞：去る加ます。例 きる→きます｜たべる→たべます
> - 第三類動詞：整個背起來。例 する→します｜くる→きます
>
> 動詞變化哪裡很難，明明很簡單啊？

→ 動詞的現在式

毎天早上	早餐	格助詞	吃	敬體
↑	↑	↑	↑	↑

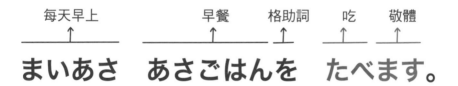

まいあさ　あさごはんを　たべます。

　　たべる（吃）→たべます（吃）：たべる的敬體表現為後面接ます的たべます。
例 みる（看）→みます（看）；いく（去）→いきます（去）

→ 動詞的疑問形

毎天早上	早餐	格助詞	吃	嗎？（敬體疑問）
↑	↑	↑	↑	↑

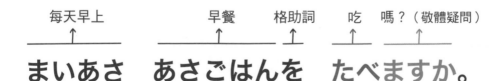

まいあさ　あさごはんを　たべますか。

　　たべますか（吃嗎？）：動詞的疑問句以ますか取代ます即可。常體疑問句為たべる？（吃嗎？）。

→ 動詞的否定形

每天早上	早餐	格助詞	吃	不（敬體否定）
↑	↑	↑	↑	↑

まいあさ　あさごはんを　たべません。

たべません（不吃）：動詞的敬體否定句去ます加ます的否定句ません即可。
例 みません（不看）；いきません（不去）
たべませんか（不吃嗎？）：動詞的敬體否定疑問句去ます加ませんか即可。

→ 動詞的過去式

家	在	早餐	格助詞	吃	了（敬體過去）
↑	↑	↑	↑	↑	↑

いえで　あさごはんを　たべました。

たべました（吃了）：動詞的過去式去ます加ました即可。
例 みました（看了）；いきました（去了）
たべましたか（吃了嗎？）：動詞的過去疑問句去ます加ましたか即可。

→ 動詞的過去否定

今天	早餐	格助詞	沒吃	敬體（過去否定）
↑	↑	↑	↑	↑

きょう　あさごはんを　たべませんでした。

たべませんでした（〔過去〕沒吃）表示動詞的敬體表現時，
去ます加ませんでした即可。
例 みませんでした（〔過去〕沒看）
　いきませんでした（〔過去〕沒去）
　たべませんでしたか（〔過去〕沒吃嗎？）表示動詞的敬體過去
否定疑問句時，去ます加ませんでしたか即可。

以會話培養體力

✿ 讀童話練習動詞的過去式

以大嘴巴青蛙與蛇的對話，來掌握ます形的現在式與過去式吧。

這是個陽光溫煦的春日。
蛇與青蛙在路上碰面了。

1 你好！蛇大哥。
2 （有氣無力地）喔！青蛙先生。

青蛙先生向有氣無力的
蛇大哥問道。

3 蛇大哥，為什麼有氣無力的呢？
4 因為我的肚子很餓。
5 ㄟ～，蛇大哥常吃什麼東西呢？
6 我常吃像你這樣嘴巴大大的青蛙喔。
7 （縮小嘴巴）是這樣嗎？

從此以後，青蛙先生就
不再張大嘴巴了。

ぽかぽか あたたかい 春の
日でした。

ぽかぽか （日光等）和煦的樣子
あたたかい 溫暖｜春(はる) 春
日(ひ) 日子｜～でした 是～（敬體過去）

へびさんと かえるさんが
道で 会いました。

へび 蛇｜へびさん 蛇先生（意譯為蛇大哥）
～と 和～｜かえる 青蛙｜道(みち) 路上｜～で 在～
会(あ)いました 見面了（会う 的過去敬體）

1 おはよう！へびさん。

おはよう 你好

2 (元気なく) よう！
かえるさん。

元気(げんき)なく 有氣無力地
よう！ 喔！

元気が ない へびさんに かえるさんが 聞きました。

元気(げんき)が ない 有氣無力 ｜ に 向 ｜ 聞(き)きました 問了

3 へびさん、なんか 元気が ないですね。

なんか 怎麼會

4 実は お腹が ぺこぺこなんだ。

実(じつ) 其實
お腹(なか)が ぺこぺこ
肚子非常餓

5 へぇ～、へびさんは どんな ものを よく 食べますか。

どんな 什麼樣的 ｜ もの 東西 ｜ よく 經常 ｜ 食(た)べますか 吃嗎？

前(まえ) 你 ｜ ように 像……的 ｜ 口(くち) 嘴巴 ｜ 大(おお)
きい 大的

6 お前の ように 口の 大きい かえるを よく 食べるんだよ。

7 (口を小さくして) そうですか。

口(くち)を 小(ちい)さくして 縮小嘴巴
そうですか 這樣啊？

それ以来 かえるさんは 口を 大きく 開く ことは ありませんでした。

それ以来(いらい) 從此以後 ｜ 開(ひら)く
張開

以下說明兩種擬聲語和季節用語。
最後再看一下非常重要的ように吧。

ぽかぽか

有「暖洋洋、熱呼呼」的意思，表示感覺到天氣或空氣暖和的樣子。同樣表示感覺溫暖的樣子的ほかほか，也有ほかほかの ごはん（熱呼呼的飯）、ほかほかの やきいも「熱呼呼的烤番薯」等用法，表示「熱呼呼」的意思。

例

> ストーブで へやが
> ぽかぽかです。

> お弁当が
> ほかほかです。

暖爐讓房間變得暖呼呼的。　便當熱呼呼的。

春の日でした

意思是「（過去的某個）春日。」春是「春天」，の是名詞與名詞連接的助詞，日是「日子」，でした表示名詞的過去式。

よう

意思是「你好」，朋友或前輩隨性地打招呼時使用。也可以替換為やぁ。

元気がない

「有氣無力、無精打采」的意思，が也可以替換為の。

なんか

意思是「什麼」，なんか是なにか的會話體。なぜか的意思是「為什麼這樣、怎麼會這樣」。

例

> なんか 変だ。

哪裡怪怪的。

> 悲しくないのに
> なぜか 涙が出ます。

明明不悲傷，
怎麼會流淚。

〈各個季節的用語〉

春 春天

花見をします。賞花。
遠足に行きます。去遠足。

秋 秋天

紅葉狩りに行きます。去賞楓。
月見をします。賞月。

夏 夏天

海水浴をします。泡海水浴。
花火を見ます。觀賞煙火。

冬 冬天

スキーをします。滑雪。
雪合戦をします。打雪仗。
初詣に出かけます。新年第一天到神社參拜。

お腹が ぺこぺこなんだ

意思是「肚子非常餓」，朋友間較無拘束的對話時，通常會說お腹が空く。

例

> 朝から 何も食べてなくて、お腹がぺこぺこだよ。

從早什麼都沒吃，肚子好餓喔。

> そう、俺もだよ。

是喔，我也是。

> 部長、お腹空きませんか？

部長，您肚子不餓嗎？

> そうだね、お昼にしようか。

也是。去吃午餐吧！

へびさんに かえるさんが 聞きました

意思是「青蛙先生向蛇大哥問道」，に是帶有「向～做什麼」意思的格助詞。

例 れいこさんに はなたばを あげます。
把花束給麗子小姐。

> あげる
> 給

プチ 東京觀光

東京鐵塔—東京タワー

即使沒去過日本，在日劇中應該也曾經看過東京鐵塔吧。這座鐵塔興建於1958年，高333m，曾是日本最高的建築物。據說比法國的艾菲爾鐵塔高33m。在某一齣日劇中，曾有男主角手捧著窗外可以看見的東京鐵塔，將它送給女朋友……。如果到日本，試試將東京鐵塔捧在手上送給朋友吧？

※目前日本最高建築物為2012年5月開業的「東京晴空塔 (Tokyo Sky Tree)」，鐵塔高634公尺，幾乎比現在的東京鐵塔高一倍。

実は

帶有「其實、老實說、事實就是」的意思。

例

> 実は 僕 彼女のこと 好きなんです。

其實我，喜歡她。

よく

意思是「時常、經常」，修飾動詞時，通常沒有「很熟練，做得很好」的意思，而是解釋為「像習慣一樣頻繁」的「經常」或「喜歡做」的意思。

例 休みの日は 図書館に よく行きます。
休假日常去圖書館。

吉田さんは テニスを よくします。
吉田先生經常打網球。

> よくします經常被錯誤解釋為「（熟練地）做得很好」，必須解釋為「經常」才是正確的。「（熟練地）做得很好」則是上手です。

お前のように

名詞＋のように，就有樣態「像～」的意思。「お前」是比較粗魯的「你」的講法，最好不要對親友以外的人使用喔。

例

> 私はお前のようにばかじゃない。

我不像你一樣笨。

> 彼は女のように歩きます。

他走路像女生一樣。

要努力才會有好結果喔！

1. 依照例句替換練習

例 食べる 吃（常體）→ たべます 吃（敬體） たべません 不吃（敬體否定）

① 見る 看 → _____ _____

② 読む 讀 → _____ _____

③ 来る 來 → _____ _____

④ 寝る 睡 → _____ _____

⑤ 会う 見面 → _____ _____

2. 從提示中選出正確的助詞填入括弧中

提示 は 副助詞 に 向 を 格助詞 で 在 へ 往 が 格助詞 から 從 まで 到 と 和

① 友達と 喫茶店（　）行きました。　　　　和朋友（往）咖啡廳去。

② 教室（　）勉強します。　　　　　　　　（在）教室讀書。

③ 昨日、誰（　）食事を しましたか。　　　昨天（和）誰吃飯？？

④ 月曜日（　）金曜日（　）学校に 行きます。（從）星期一（到）星期五去學校。

3. 將括弧內的動詞改成正確的答案

①週末には 何を (する) 週末要做什麼?〈敬體疑問〉 _____

　 そうじを (する) 掃地。〈敬體〉 _____

②朝、何時に 学校へ (くる) 早上幾點來學校。〈敬體疑問〉 _____

　 8時 20分に (くる) 8點20分來。〈敬體〉 _____

③いま、どこへ (行く) 現在要去哪裡?〈敬體疑問〉 _____

　 図書館へ (行く) 去圖書館。〈敬體〉 _____

④朝、いつも 何か (食べる) 早上通常吃什麼?〈敬體疑問〉 _____

　 いいえ、何も (食べる) 不,什麼都沒吃。〈敬體〉 _____

解答
1-❶みます みません　1-❷よみます よみません　1-❸きます きません　1-❹ねます ねません
1-❺あいます あいません
2-❶へ　2-❷で　2-❸と　2-❹からまで
3-❶しますか します　3-❷きますか きます　3-❸いきますか いきます　3-❹たべますか たべません

プチ 日本常識　です・ます形

　　目前我們已經學過,在名詞或形容詞的後面加上です,在動詞後面加上ます,就是敬體表現。這些です・ます形又稱為鄭重語(丁寧語),沒有加上です・ます的,則稱為常體或普通語(普通語)。

　　常體可以想成是與敬體相反的文體。日本的學生對父母大致上使用沒有です・ます的常體,對學校的老師則是使用敬體。

先生、またあした。
老師,明天見。

● 動詞

原形	食べる （吃）	見る （看）	行く （去）	する （做）	くる （來）
原形疑問	食べる？	見る？	行く？	する？	くる？
敬體	食べます	見ます	行きます	します	きます
敬體疑問	食べますか	見ますか	行きますか	しますか	きますか
敬體否定	食べません	見ません	行きません	しません	きません
敬體否定疑問	食べませんか	見ませんか	行きませんか	しませんか	きませんか
敬體過去	食べました	見ました	行きました	しました	きました
敬體過去疑問	食べましたか	見ましたか	行きましたか	しましたか	きましたか
敬體過去否定	食べません でした	見ません でした	行きません でした	しません でした	きません でした
敬體過去 否定疑問	食べません でしたか	見ません でしたか	行きません でしたか	しません でしたか	きません でしたか

13_5

● 助詞大集合 ●

● 日語中常見的助詞

は
助詞

が
格助詞

の
的

を
格助詞

も
也～

か
終助詞

に
在～
（時間、場所）

へ
往～
（方向）

には
在～
（語意較強）

と
和～

で
表原因、
理由、價格等

や
或～

から
從～

まで
到～

「～に」與「～へ」的意思幾乎相同。
如果一定要區分的話，～に意為「在
～」；而～へ則表示「往～」。

13_6

千歳飴

紅葉狩り 賞楓 **運動会** 運動會

說到秋天，就讓人想到**紅葉狩り**，還有 **運動会**！楓葉日語稱為**紅葉**，落葉是**落ち葉**，適合賞楓的地點為**紅葉スポット**。

在另一個秋天的重要活動——運動會中，進行的比賽和台灣的運動會十分類似。有將球丟入籃子中的**玉入れ**（丟沙包）；有**綱引き**（拔河比賽）；還有傳遞**バトン**（接力棒）的**リレー**（接力賽）。

七五三 七三五節

七三五節是三歲的男女、五歲的男童、七歲的女童在十一月十五日前往神社參拜，祈求平安成長的日子。這一天會食用稱為**千歲飴**的紅白色細長的麥芽糖，以祈求小孩永遠健康，活到千歲。裝**千歲飴**的紙袋繪有象徵長壽的**松竹梅**（松、竹、梅）。這天孩子穿上外出服，帶著千歲飴與家人一起到神社參拜，並留下紀念照。只要是日本小孩，通常都會有一兩張這樣的照片，若有機會可以向身邊的日本朋友借來欣賞一下喔。

大晦日 除夕（12月31日）
おおみそか

　日本的年終非常熱鬧。每到年終，要忙著進行**大掃除**（大掃除），並且寄お**歳暮**（年終禮品）給一年來值得感謝的人。在一年最後一天的十二月三十一日，通常會與家人一起聽**除夜の鐘**（除夜鐘聲）、吃**年越しそば**（蕎麥麵）、收看**紅白歌合戦**（紅白歌唱大賽），一邊迎接新年。
おおそうじ　せいぼ　じょや　かね　としこ　こうはくうたがっせん

　年終還有一個不能忘記的東西，那就是**年賀状**（賀年卡）。雖然日本不常寄聖誕卡，但是一定要寄賀年卡給感謝的人或親朋好友。賀年卡在一月一日由郵局發送，一邊度過年終，一邊寫下**年賀状**，郵局將會另外保管這些賀年卡，在一月一日立刻寄出。家家戶戶雖然會有些差異，不過每年100～150張是很普遍的，可見賀年卡的數量有多龐大。確認這些收到的賀年卡時，如果發現沒有寄給那個人，卻收到那個人寄來的賀年卡，就應該立刻寫賀年卡回寄給對方，也算是新年期間該做的事情。
ねん　が　じょう

クリスマス 聖誕節（12月25日）

　慶祝耶穌誕生的聖誕節！雖然在國外訂為假日，但是在日本並非假日。它只能算是「戀人的節日」或年輕人的節日，同時也是餐廳、禮品店旺季。對於學生及上班族而言，如果二十五日是平常日的話，則和台灣一樣是沒有放假的喔。不過這一天小朋友們要聽話，聖誕老公公才會給禮物，這點倒是一樣喔。

聖誕節跟小孩說的話　いい子にしないとサンタクロースさんはきてくれませんよ。
こ
不乖乖聽話，聖誕老公公就不給禮物。

ポインセチア
聖誕紅

咚～～

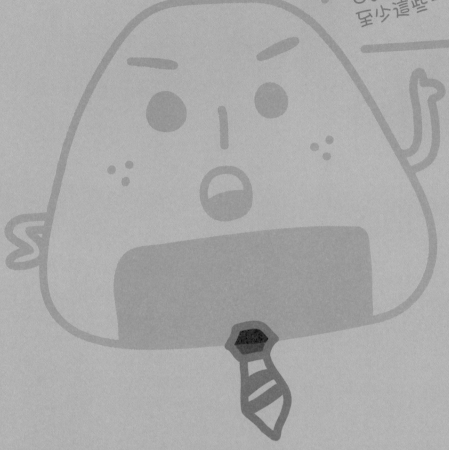

日語基礎文法。
至少這些一定要學起來。

* 日語文法公式表

* 日語文法例句100

* 從單字看日語文法

→ **名詞的問與答**

肯定句

↳ 名詞接です即為現在式，です加か即為疑問句。

A	は	B	です
私	は	学生	です。
↑	↑	↑	↑
我	助詞	學生	是。

否定句

↳ 名詞接ではありません即為否定句。

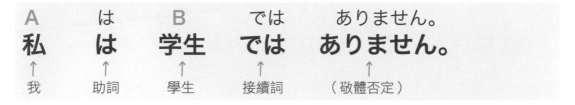

A	は	B	では	ありません。
私	は	学生	では	ありません。
↑	↑	↑	↑	↑
我	助詞	學生	接續詞	（敬體否定）

過去式

↳ 名詞接でした即為過去式。

A	は	B	でした。
私	は	学生	でした。
↑	↑	↑	↑
我	助詞	學生	是（過去式）。

過去否定句

↳ 名詞接ではなかったです或是ではありませんでした，即為過去否定句。

A	は	B	では	ありませんでした。
私	は	学生	では	ありませんでした。
↑	↑	↑	↑	↑
我	助詞	學生	接續詞	（敬體過去否定）

FA_2

→ 形容動詞基本文法

肯定句

↳ 形容動詞接です即為現在式，です加か即為疑問句。

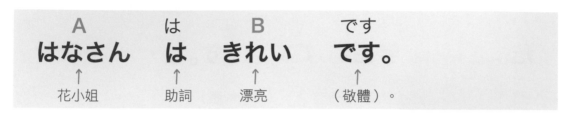

A	は	B	です
はなさん	**は**	**きれい**	**です。**
↑	↑	↑	↑
花小姐	助詞	漂亮	（敬體）。

否定句

↳ 形容動詞接ではありません即為否定句。

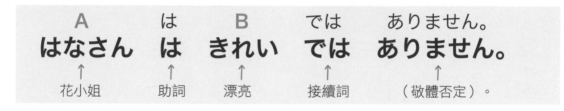

A	は	B	では	ありません。
はなさん	**は**	**きれい**	**では**	**ありません。**
↑	↑	↑	↑	↑
花小姐	助詞	漂亮	接續詞	（敬體否定）。

過去式

↳ 形容動詞接でした即為過去式。

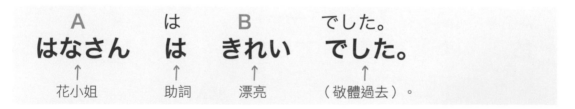

A	は	B	でした。
はなさん	**は**	**きれい**	**でした。**
↑	↑	↑	↑
花小姐	助詞	漂亮	（敬體過去）。

過去否定句

↳ 形容動詞接ではありませんでした或是ではなかったです，即為過去否定句。

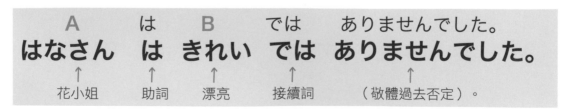

A	は	B	では	ありませんでした。
はなさん	**は**	**きれい**	**では**	**ありませんでした。**
↑	↑	↑	↑	↑
花小姐	助詞	漂亮	接續詞	（敬體過去否定）。

→ 形容詞基本文法

肯定句

↳ 形容詞接です即為現在式，です加か即為疑問句。

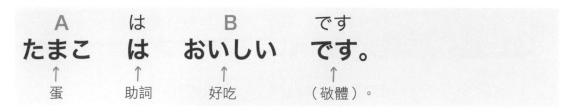

A たまこ	は は	B おいしい	です です。
↑ 蛋	↑ 助詞	↑ 好吃	↑ （敬體）。

否定句

↳ 形容詞接くありません即為否定句。

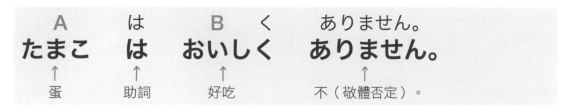

A たまこ	は は	B おいしく	く ありません。 ありません。
↑ 蛋	↑ 助詞	↑ 好吃	↑ 不（敬體否定）。

過去式

↳ 形容詞接かったです即為過去式。

A たまこ	は は	B おいし	かったです。 かったです。
↑ 蛋	↑ 助詞	↑ 好吃	↑ （敬體過去）。

過去否定句

↳ 形容詞接くありませんでした或是くなかったです，即為過去否定句。

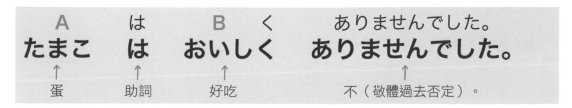

A たまこ	は は	B おいしく	く ありませんでした。 ありませんでした。
↑ 蛋	↑ 助詞	↑ 好吃	↑ 不（敬體過去否定）。

→ 動詞基本文法

肯定句

↳ 動詞接ます即為現在式，ます加か即為疑問句。

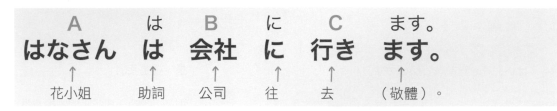

| A
はなさん
↑
花小姐 | は
は
↑
助詞 | B
会社
↑
公司 | に
に
↑
往 | C
行き
↑
去 | ます。
ます。
↑
（敬體）。 |

否定句

↳ 動詞接ません即為否定句。

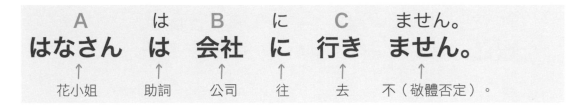

| A
はなさん
↑
花小姐 | は
は
↑
助詞 | B
会社
↑
公司 | に
に
↑
往 | C
行き
↑
去 | ません。
ません。
↑
不（敬體否定）。 |

過去式

↳ 動詞接ました即為過去式。

| A
はなさん
↑
花小姐 | は
は
↑
助詞 | B
会社
↑
公司 | に
に
↑
往 | C
行き
↑
去 | ました。
ました。
↑
（敬體過去）。 |

過去否定句

↳ 動詞接ませんでした即為過去否定句。

| A
はなさん
↑
花小姐 | は
は
↑
助詞 | B
会社
↑
公司 | に
に
↑
往 | C
行き
↑
去 | ませんでした。
ませんでした。
↑
不（敬體過去否定）。 |

✤ 日語例句100

1	これはかさです。	這是雨傘。
2	これは涼子(りょうこ)さんのかさです。	這是涼子小姐的雨傘。
3	これは涼子(りょうこ)さんのかさですか。	這是涼子小姐的雨傘嗎?
4	はい、それは私(わたし)のです。	是,這是我的。
5	じゃ、あれも涼子(りょうこ)さんのかさですか。	那麼,那也是涼子小姐的雨傘嗎?
6	いいえ、あれは私(わたし)のじゃありません。	不是,那不是我的。
7	それは田中(たなか)さんの本(ほん)ですか。	那是田中先生的書嗎?
8	いいえ、私(わたし)のじゃないです。	不是,不是我的。
9	じゃ、どれが田中(たなか)さんのですか。	那麼,哪個是田中先生的?
10	私(わたし)のはあれです。	我的是那個(較遠的)。
11	ここは大学(だいがく)の食堂(しょくどう)です。	這裡是大學餐廳。
12	そこは大学(だいがく)の図書館(としょかん)です。	那裡是大學圖書館。
13	あそこは大学(だいがく)の寮(りょう)です。	那裡是大學宿舍(較遠的)。
14	教室(きょうしつ)はどこですか。	教室在哪裡?
15	教室(きょうしつ)はあちらです。	教室在那邊(較遠的)。
16	あそこも教室(きょうしつ)ですか。	那裡也是教室嗎?
17	いいえ、あそこは教室(きょうしつ)じゃありません。	不是,那裡不是教室。
18	すみません、トイレはどこですか。	不好意思,廁所在哪裡?
19	トイレはあの教室(きょうしつ)のとなりです。	廁所在那間教室的旁邊。
20	どっちがあなたの本(ほん)ですか。	哪一本是你的書?
21	私(わたし)のはそっちです。	我的是那本。

22	地下鉄(ち か てつ)は便利(べん り)だ。	地鐵很方便。
23	東京(とう きょう)の地下鉄(ち か てつ)は便利(べん り)です。	東京的地鐵很方便。
24	田中(た なか)さんのへやはきれいですか。	田中先生的房間乾淨嗎？
25	いいえ、きれいじゃありません。	不，不乾淨。
26	今週(こん しゅう)の週末(しゅう まつ)は暇(ひま)ですか。	這週週末有空嗎？
27	いいえ、暇(ひま)じゃないです。	不，沒空。
28	北海道(ほっ かい どう)では雪祭(ゆき まつ)りが有名(ゆう めい)じゃありませんか。	北海道的雪祭不是很有名嗎？
29	はい、とても有名(ゆう めい)です。	是啊，非常有名。
30	伊達邸(イー ター サオ)はどんなところですか。	伊達邸是什麼樣的地方？
31	交通(こう つう)が便利(べん り)で、にぎやかなところです。	交通方便又熱鬧的地方。
32	日本料理(に ほん りょう り)では何(なに)がいちばん好(す)きですか。	日本料理中最喜歡什麼？
33	おすしがいちばん好(す)きです。	最喜歡壽司。
34	バスと地下鉄(ち か てつ)とどちらが便利(べん り)ですか。	公車與地鐵，哪個比較方便？
35	バスより地下鉄(ち か てつ)のほうが便利(べん り)です。	地鐵比公車方便。
36	野球(や きゅう)とサッカーとどちらが好(す)きですか。	棒球與足球你喜歡哪個？
37	どちらも好(す)きです。	都喜歡。
38	りんごとバナナとみかんとぶどうの中(なか)でどれがいちばん好(す)きですか。	蘋果、香蕉、橘子和葡萄，你最喜歡哪一種？
39	くだものの中(なか)で何(なに)がいちばん好(す)きですか。	水果當中，你最喜歡什麼？
40	きのうは雨(あめ)だった。	昨天是雨天（下了雨）。
41	きのうは雨(あめ)じゃなかった。	昨天不是雨天（沒下雨）。
42	きのうは一日中(いち にち じゅう)雨(あめ)でした。	昨天一整天是雨天（下了雨）。

43	きのうは雨(あめ)じゃありませんでした。	昨天不是雨天（沒下雨）。
44	きのう東京(とうきょう)の天気(てんき)はどうでしたか。	昨天東京的天氣怎麼樣？
45	きのうは晴(は)れでした。	昨天很晴朗。
46	歌(うた)が好(す)きだった。	以前喜歡唱歌。
47	歌(うた)が好(す)きじゃなかった。	以前不喜歡唱歌。
48	子供(こども)のころは歌(うた)が好(す)きでした。	小時候喜歡唱歌。
49	子供(こども)のころは歌(うた)が好(す)きじゃありませんでした。嫌(きら)いでした。	小時候不喜歡唱歌，很討厭。
50	小(ちい)さい頃(ころ)はどんな子供(こども)でしたか。	小時候是什麼樣的小孩？
51	活発(かっぱつ)でいたずらっ子(こ)でした。	活潑又調皮的小孩。
52	ケーキはおいしいです。	蛋糕很好吃。
53	イチゴケーキはとてもおいしいです。	草莓蛋糕非常好吃。
54	チーズケーキはそんなにおいしくないです。	起司蛋糕不怎麼好吃。
55	学校(がっこう)の勉強(べんきょう)は楽(たの)しいですか。	學校的課好玩嗎？
56	いいえ、そんなに楽(たの)しくありません。	不，不那麼有趣。
57	宜蘭(ぎらん)の夏(なつ)は涼(すず)しい？	宜蘭的夏天很涼快嗎？
58	ううん、ぜんぜん涼(すず)しくないよ。	不，一點也不涼快喔。
59	何(なに)かおもしろい本(ほん)、ありますか。	有什麼有趣的書嗎？
60	そうですね。はるきの本(ほん)はどうですか。	這樣啊，春樹的書如何？
61	このごろ、日本(にほん)の景気(けいき)はどうですか。	最近，日本的景氣如何？
62	そうですね。あまりよくないです。	這樣啊，不太好。
63	あの店(みせ)のケーキはどうですか。	那間店的蛋糕如何？
64	ええ、甘(あま)くておいしいですよ。	嗯，又甜又好吃。

65	すみません。コーラとチーズバーガーをください。いくらですか。	不好意思，請給我可樂和起司漢堡。多少錢？
66	はい。全部(ぜん ぶ)で５５０円(えん)です。	是，總共550日圓。
67	カキのオムレツはおいしかったです。	蚵仔煎很好吃。
68	きのうのカキのオムレツはとくべつにおいしかったです。	昨天的蚵仔煎格外好吃。
69	会社(かい しゃ)は駅(えき)から近(ちか)かったですか。	公司離車站很近嗎？
70	いいえ、近(ちか)くありませんでした。	不，不近。
71	映画(えい が)はおもしろかったですか。	電影有趣嗎？
72	それが、あまりおもしろくなかったです。	這個嘛，不太有趣。
73	五更腸旺(ウ ゲン チャン ワン)はどうでしたか。	五更腸旺如何？
74	そんなに辛(から)くなくて、おいしかったです。	不太辣，很好吃。
75	北海道(ほっ かい どう)はどうでしたか。	北海道如何？
76	ちょっと寒(さむ)かったけど、よかったです。	雖然有點冷，但是不錯。
77	チーズバーガー２個(こ)とコーラ２杯(はい)ください。	請給我兩個起司漢堡和兩杯可樂。
78	全部(ぜん ぶ)で１３,５２０円(えん)です。	總共13,520日圓。
79	コンサートのチケットが３枚(まい)あります。	有三張演唱會的票。
80	本(ほん)がある。ノートもある。	有書，也有筆記本。
81	机(つくえ)の上(うえ)に本(ほん)とノートがあります。	書桌上面有書和筆記本。
82	かばんの中(なか)に何(なに)かある？	皮包裡面有什麼？
83	ううん、何(なに)もないよ。	不，什麼都沒有。
84	ねこがいる。	有貓。
85	ソファーの下(した)にねこがいます。	沙發下面有貓。

86	ソファーの上(うえ)には何(なに)もいません。	沙發上面什麼都沒有。
87	部屋(へや)の中(なか)に誰(だれ)かいる？	房間裡面有誰？
88	ううん、誰(だれ)もいないよ。	不，沒有任何人。
89	デパートはどこにありますか。	百貨公司在哪裡？
90	デパートですか。デパートなら駅(えき)の前(まえ)にありますよ。	百貨公司嗎？百貨公司在車站前面喔！
91	すみません、田中(たなか)さんはいませんか。	對不起，田中先生不在嗎？
92	ええ、田中(たなか)さんは今(いま)、いません。	是的，田中先生現在不在。

93	毎晩(まいばん)、家族(かぞく)といっしょにテレビを見(み)ます。	每天晚上和家人一起看電視。
94	田中(たなか)さんはどんな番組(ばんぐみ)をよく見(み)ますか。	田中先生經常看什麼節目呢？
95	私(わたし)ですか。私(わたし)はドラマをよく見(み)ます。	我嗎？我常看連續劇。
96	田中(たなか)さんは朝(あさ)はやく起(お)きますか。	田中先生早上很早起床嗎？
97	いいえ、はやく起(お)きません。９時(じ)ごろ起(お)きます。	不，不早起。9點左右起床。
98	ふつう朝(あさ)ごはんは食(た)べません。	通常不吃早餐。
99	きのう久(ひさ)しぶりに友達(ともだち)に会(あ)いました。	昨天和久未謀面的朋友見面了。
100	きのう何(なに)も食(た)べませんでした。	昨天什麼也沒吃。

✿ 從單字看日語活用變化

名詞

	是約定	不是約定	（過去）是約定	（過去）不是約定
約定 やくそく **約束**	約束です	約束じゃありません	約束でした	約束じゃありませんでした
	是歌手	不是歌手	（過去）是歌手	（過去）不是歌手
歌手 かしゅ **歌手**	歌手です	歌手じゃありません	歌手でした	歌手じゃありませんでした
	是考試	不是考試	（過去）是考試	（過去）不是考試
考試 しけん **試験**	試験です	試験じゃありません	試験でした	試験じゃありませんでした
	是作業	不是作業	（過去）是作業	（過去）不是作業
作業 しゅくだい **宿題**	宿題です	宿題じゃありません	宿題でした	宿題じゃありませんでした
	是學生	不是學生	（過去）是學生	（過去）不是學生
學生 がくせい **学生**	学生です	学生じゃありません	学生でした	学生じゃありませんでした
	是老師	不是老師	（過去）是老師	（過去）不是老師
老師 せんせい **先生**	先生です	先生じゃありません	先生でした	先生じゃありませんでした
	是圖書館	不是圖書館	（過去）是圖書館	（過去）不是圖書館
圖書館 としょかん **図書館**	図書館です	図書館じゃありません	図書館でした	図書館じゃありませんでした
	是上班族	不是上班族	（過去）是上班族	（過去）不是上班族
上班族 かいしゃいん **会社員**	会社員です	会社員じゃありません	会社員でした	会社員じゃありませんでした
	是董事長	不是董事長	（過去）是董事長	（過去）不是董事長
董事長 しゃちょう **社長**	社長です	社長じゃありません	社長でした	社長じゃありませんでした
	是藝人	不是藝人	（過去）是藝人	（過去）不是藝人
藝人 げいのうじん **芸能人**	芸能人です	芸能人じゃありません	芸能人でした	芸能人じゃありませんでした
	是醫生	不是醫生	（過去）是醫生	（過去）不是醫生
醫生 いしゃ **医者**	医者です	医者じゃありません	医者でした	医者じゃありませんでした
	是選手	不是選手	（過去）是選手	（過去）不是選手
選手 せんしゅ **選手**	選手です	選手じゃありません	選手でした	選手じゃありませんでした
	是戀人	不是戀人	（過去）是戀人	（過去）不是戀人
戀人 こいびと **恋人**	恋人です	恋人じゃありません	恋人でした	恋人じゃありませんでした
	是朋友	不是朋友	（過去）是朋友	（過去）不是朋友
朋友 ともだち **友達**	友達です	友達じゃありません	友達でした	友達じゃありませんでした
	是男朋友	不是男朋友	（過去）是男朋友	（過去）不是男朋友
男朋友 かれし **彼氏**	彼氏です	彼氏じゃありません	彼氏でした	彼氏じゃありませんでした
	是女朋友	不是女朋友	（過去）是女朋友	（過去）不是女朋友
女朋友 かのじょ **彼女**	彼女です	彼女じゃありません	彼女でした	彼女じゃありませんでした

形容動詞

喜歡（常體）	喜歡（敬體）	不喜歡（敬體）	（過去）喜歡（敬體）	（過去）不喜歡（敬體）
好きだ	好きです	好きじゃないです	好きでした	好きじゃありませんでした

討厭（常體）	討厭（敬體）	不討厭（敬體）	（過去）討厭（敬體）	（過去）不討厭（敬體）
きらいだ	きらいです	きらいじゃないです	きらいでした	きらいじゃありませんでした

擅長（常體）	擅長（敬體）	不擅長（敬體）	（過去）擅長（敬體）	（過去）不擅長（敬體）
上手だ	上手です	上手じゃないです	上手でした	上手じゃありませんでした

拙劣（常體）	拙劣（敬體）	不拙劣（敬體）	（過去）拙劣（敬體）	（過去）不拙劣（敬體）
下手だ	下手です	下手じゃないです	下手でした	下手じゃありませんでした

方便（常體）	方便（敬體）	不方便（敬體）	（過去）方便（敬體）	（過去）不方便（敬體）
便利だ	便利です	便利じゃないです	便利でした	便利じゃありませんでした

不便（常體）	不便（敬體）	方便（敬體）	（過去）不便（敬體）	（過去）方便（敬體）
不便だ	不便です	不便じゃないです	不便でした	不便じゃありませんでした

有名（常體）	有名（敬體）	不有名（敬體）	（過去）有名（敬體）	（過去）不有名（敬體）
有名だ	有名です	有名じゃないです	有名でした	有名じゃありませんでした

安靜（常體）	安靜（敬體）	不安靜（敬體）	（過去）安靜（敬體）	（過去）不安靜（敬體）
静かだ	静かです	静かじゃないです	静かでした	静かじゃありませんでした

乾淨（常體）	乾淨（敬體）	不乾淨（敬體）	（過去）乾淨（敬體）	（過去）不乾淨（敬體）
きれいだ	きれいです	きれいじゃないです	きれいでした	きれいじゃありませんでした

空閒（常體）	空閒（敬體）	沒空（敬體）	（過去）空閒（敬體）	（過去）沒空（敬體）
暇だ	暇です	暇じゃないです	暇でした	暇じゃありませんでした

熱鬧（常體）	熱鬧（敬體）	不熱鬧（敬體）	（過去）熱鬧（敬體）	（過去）不熱鬧（敬體）
にぎやかだ	にぎやかです	にぎやかじゃないです	にぎやかでした	にぎやかじゃありませんでした

擔心（常體）	擔心（敬體）	不擔心（敬體）	（過去）擔心（敬體）	（過去）不擔心（敬體）
心配だ	心配です	心配じゃないです	心配でした	心配じゃありませんでした

簡單（常體）	簡單（敬體）	不簡單（敬體）	（過去）簡單（敬體）	（過去）不簡單（敬體）
簡単だ	簡単です	簡単じゃないです	簡単でした	簡単じゃありませんでした

複雜（常體）	複雜（敬體）	不複雜（敬體）	（過去）複雜（敬體）	（過去）不複雜（敬體）
複雑だ	複雑です	複雑じゃないです	複雑でした	複雑じゃありませんでした

親切（常體）	親切（敬體）	不親切（敬體）	（過去）親切（敬體）	（過去）不親切（敬體）
親切だ	親切です	親切じゃないです	親切でした	親切じゃありませんでした

認真（常體）	認真（敬體）	不認真（敬體）	（過去）認真（敬體）	（過去）不認真（敬體）
まじめだ	まじめです	まじめじゃないです	まじめでした	まじめじゃありませんでした

形容詞

冷（原形）	冷（敬體）	不冷（敬體）	（過去）冷（敬體）	（過去）不冷（敬體）
寒い さむ	さむいです	さむくないです	さむかったです	さむくなかったです
熱（原形）	熱（敬體）	不熱（敬體）	（過去）熱（敬體）	（過去）不熱（敬體）
暑い あつ	あついです	あつくないです	あつかったです	あつくなかったです
溫暖（原形）	溫暖（敬體）	不溫暖（敬體）	（過去）溫暖（敬體）	（過去）不溫暖（敬體）
あたたかい	あたたかいです	あたたかくないです	あたたかかったです	あたたかくなかったです
涼爽（原形）	涼爽（敬體）	不涼爽（敬體）	（過去）涼爽（敬體）	（過去）不涼爽（敬體）
すずしい	すずしいです	すずしくないです	すずしかったです	すずしくなかったです
有趣（原形）	有趣（敬體）	無趣（敬體）	（過去）有趣（敬體）	（過去）無趣（敬體）
面白い おもしろ	おもしろいです	おもしろくないです	おもしろかったです	おもしろくなかったです
辣（原形）	辣（敬體）	不辣（敬體）	（過去）辣（敬體）	（過去）不辣（敬體）
辛い から	からいです	からくないです	からかったです	からくなかったです
鹹（原形）	鹹（敬體）	不鹹（敬體）	（過去）鹹（敬體）	（過去）不鹹（敬體）
しょっぱい	しょっぱいです	しょっぱくないです	しょっぱかったです	しょっぱくなかったです
遠（原形）	遠（敬體）	不遠（敬體）	（過去）遠（敬體）	（過去）不遠（敬體）
遠い とお	とおいです	とおくないです	とおかったです	とおくなかったです
近（原形）	近（敬體）	不近（敬體）	（過去）近（敬體）	（過去）不近（敬體）
近い ちか	ちかいです	ちかくないです	ちかかったです	ちかくなかったです
重（原形）	重（敬體）	不重（敬體）	（過去）重（敬體）	（過去）不重（敬體）
重い おも	おもいです	おもくないです	おもかったです	おもくなかったです
輕（原形）	輕（敬體）	不輕（敬體）	（過去）輕（敬體）	（過去）不輕（敬體）
軽い かる	かるいです	かるくないです	かるかったです	かるくなかったです
（身高）矮（原形）	矮（敬體）	不矮（敬體）	（過去）矮（敬體）	（過去）不矮（敬體）
低い ひく	ひくいです	ひくくないです	ひくかったです	ひくくなかったです
（身高）高（原形）	高（敬體）	不高（敬體）	（過去）高（敬體）	（過去）不高（敬體）
高い たか	たかいです	たかくないです	たかかったです	たかくなかったです
便宜（原形）	便宜（敬體）	不便宜（敬體）	（過去）便宜（敬體）	（過去）不便宜（敬體）
安い やす	やすいです	やすくないです	やすかったです	やすくなかったです
貴（原形）	貴（敬體）	不貴（敬體）	（過去）貴（敬體）	（過去）不貴（敬體）
高い たか	たかいです	たかくないです	たかかったです	たかくなかったです
可愛（原形）	可愛（敬體）	不可愛（敬體）	（過去）可愛（敬體）	（過去）不可愛（敬體）
かわいい	かわいいです	かわいくないです	かわいかったです	かわいくなかったです

動詞

有（原形）	有（敬體）	沒有（敬體）	（過去）有（敬體）	（過去）沒有（敬體）
いる	います	いません	いました	いませんでした

有（原形）	有（敬體）	沒有（敬體）	（過去）有（敬體）	（過去）沒有（敬體）
ある	あります	ありません	ありました	ありませんでした

看（原形）	看（敬體）	不看（敬體）	（過去）看（敬體）	（過去）不看（敬體）
見る	みます	みません	みました	みませんでした

吃（原形）	吃（敬體）	不吃（敬體）	（過去）吃（敬體）	（過去）不吃（敬體）
食べる	たべます	たべません	たべました	たべませんでした

就寝（原形）	就寝（敬體）	不就寝（敬體）	（過去）就寝（敬體）	（過去）不就寝（敬體）
寝る	ねます	ねません	ねました	ねませんでした

穿（原形）	穿（敬體）	不穿（敬體）	（過去）穿（敬體）	（過去）不穿（敬體）
着る	きます	きません	きました	きませんでした

做（原形）	做（敬體）	不做（敬體）	（過去）做（敬體）	（過去）不做（敬體）
する	します	しません	しました	しませんでした

來（原形）	來（敬體）	不來（敬體）	（過去）來（敬體）	（過去）不來（敬體）
来る	きます	きません	きました	きませんでした

見面（原形）	見面（敬體）	不見面（敬體）	（過去）見面（敬體）	（過去）不見面（敬體）
会う	あいます	あいません	あいました	あいませんでした

去（原形）	去（敬體）	不去（敬體）	（過去）去（敬體）	（過去）不去（敬體）
行く	いきます	いきません	いきました	いきませんでした

説（原形）	説（敬體）	不説（敬體）	（過去）説（敬體）	（過去）不説（敬體）
話す	はなします	はなしません	はなしました	はなしませんでした

玩（原形）	玩（敬體）	不玩（敬體）	（過去）玩（敬體）	（過去）不玩（敬體）
遊ぶ	あそびます	あそびません	あそびました	あそびませんでした

死（原形）	死（敬體）	不死（敬體）	（過去）死（敬體）	（過去）不死（敬體）
死ぬ	しにます	しにません	しにました	しにませんでした

喝（原形）	喝（敬體）	不喝（敬體）	（過去）喝（敬體）	（過去）不喝（敬體）
飲む	のみます	のみません	のみました	のみませんでした

買（原形）	買（敬體）	不買（敬體）	（過去）買（敬體）	（過去）不買（敬體）
買う	かいます	かいません	かいました	かいませんでした

知道（原形）	知道（敬體）	不知道（敬體）	（過去）知道（敬體）	（過去）不知道（敬體）
知る	しります	しりません	しりました	しりませんでした

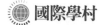

台灣廣廈 國際出版集團
Taiwan Mansion International Group

國家圖書館出版品預行編目（CIP）資料

我的第一本日語課本：適用完全初學、從零開始的日文學習者，自
學、教學都通用！/奧村裕次，林旦妃著；林侑毅譯. -- 修訂一版.
-- 新北市：國際學村出版社, 2023.05
面； 公分
QR碼行動學習版
ISBN 978-986-454-280-2（平裝）
1.CST：日語 2.CST：讀本

803.18 112004013

◉ 國際學村

我的第一本日語課本【QR碼行動學習版】

適用完全初學、從零開始的日文學習者，自學、教學都通用！

作　　　者／奧村裕次、林旦妃　　　編輯中心編輯長／伍峻宏・編輯／尹紹仲
審　　　訂／小堀和彥、島津博彥　　封面設計／張家綺・內頁排版／菩薩蠻數位文化有限公司
翻　　　譯／林侑毅　　　　　　　　製版・印刷・裝訂／東豪・弼聖・明和

行企研發中心總監／陳冠蒨　　　　線上學習中心總監／陳冠蒨
媒體公關組／陳柔彣　　　　　　　數位營運組／顏佑婷
綜合業務組／何欣穎　　　　　　　企製開發組／江季珊

發　 行　 人／江媛珍
法 律 顧 問／第一國際法律事務所 余淑杏律師・北辰著作權事務所 蕭雄淋律師
出　　　版／國際學村
發　　　行／台灣廣廈有聲圖書有限公司
　　　　　　地址：新北市235中和區中山路二段359巷7號2樓
　　　　　　電話：（886）2-2225-5777・傳真：（886）2-2225-8052
讀者服務信箱／cs@booknews.com.tw

代理印務・全球總經銷／知遠文化事業有限公司
　　　　　　地址：新北市222深坑區北深路三段155巷25號5樓
　　　　　　電話：（886）2-2664-8800・傳真：（886）2-2664-8801
郵 政 劃 撥／劃撥帳號：18836722
　　　　　　劃撥戶名：知遠文化事業有限公司（※單次購書金額未達1000元，請另付70元郵資。）

■出版日期：2023年05月　　　ISBN：978-986-454-280-2
　　　　　　2024年05月4刷　　版權所有，未經同意不得重製、轉載、翻印。